KB188697

임승원

발견, 영감 그리고 원의독백

---

discovery inspiration and wonologue

필름

모두를 만족시키는 건
참 어려운 일이지만,
그럼에도 불구하고
이 책을 선택해준 당신에게

제 이야기가 어떤 방식으로든
닿을 수 있다면 좋겠습니다.

더불어 작은 욕심이 있다면,
원의독백으로 시작된 이야기가
누구나의 독백으로
이어지기를 바랄 뿐입니다.

우리, 각자의 세상에서
각자의 작은 원을 그리며
더 큰 원 안에서 만날 수 있기를.

발견 discovery

영감 inspiration

영화 나눔밭 monologue

느슨한 연대의
마음으로 펼칠 것

처음부터 끝까지 단숨에 읽으려 하지 마세요.
그랬다가는 당신은 부담을 느껴 도망가고 싶어질 겁니다.
저도 야심차게 시작했다가 끝까지 못 보고 그만둔
장편 드라마가 한두 편이 아니거든요.
사실 고백하자면, 저는 INFP이고 ADHD 자가 진단을
만점받은 사람으로서 얇은 책이나 짧은 영화도 한 번에
끝을 보는 것에 어려움을 느끼는 사람입니다.
그런 저를 위해서 (죄송하지만, 저를 위주로 한)
이 책은 제 단편적인 생각을 짤막하게 엮은 책입니다.
이야기가 이어지는 소설책이 아니라서 읽다가 중간에
언제든지 멈춰도 좋습니다. 그저 제 인생에서
이 책만큼은 처음 한두 페이지만 읽히고 어딘가
처박히는 책이 아니기를 바랄 뿐입니다.

어디든 열어서
닥치는 대로 읽을 것

이 책은 앞에서부터 차근차근 읽지 않아도
되는 책입니다. 이 책은 <워킹 데드>보다는
<블랙 미러>나 <러브, 데스+로봇> 같은
책이라고 말하고 싶습니다.

기대하지
말 것

저는 위대한 철학적 가치관을 가진 사람도,
전문적인 작가도 아닙니다. 그러니
수려한 필력을 기대하고 이 책을 샀다면
실망하게 될지도 모릅니다.
그저 이 이야기는 '가능성'입니다.
누구나 가능성을 가지고 있잖아요.
그러니까, 평범한 저도 했으니
당신도 할 수 있다는 가능성의
시작점 정도라고 할까요.

지저분하게
읽을 것

저는 이 책이 지저분한 책이 되었으면 좋겠습니다.
읽다가 어떠한 생각이 불현듯 떠오른다면,
언제든 볼펜으로 끄적댈 수 있는
그런 일기장 같은 책, 대화 같은 책이요.
저 또한 제 생각이 적힌 이 책을 읽으면서
과거의 저와 끝없는 논쟁을 하게 될 테니까요.
모든 게 다 그렇잖아요. 그런 과정을 통해
새로운 사람이 되는 것이죠.

❹

discovery

발견

my last day
at school

학교에 처음 간 날의 설렘을 기억한다. 2013년, 갓 성인이 된 그때 나는 광주에서 막 서울로 온 어리바리한 왕자님이었다. 당시 나는 남도학숙이라는 곳에서 살았다. 전라도 학생들을 위해 교육청에서 제공한 기숙사였는데, 학교에 가려면 1호선 전철을 한 시간 넘게 타야 했다.

그럼에도 그 당시에는 그게 너무 즐거웠다. 교통카드를 사서 충전하고 대방역 개찰구에서 교통카드를 찍고 플랫폼으로 올라가는 그 일련의 과정이 나에겐 다 모험이었다.

플랫폼에 올라 미세먼지 가득한 공기를 크게 들이마셨다. 매캐하고 혼탁한 먼지 냄새가 어찌나 고소하던지. 거기에는 화려하고 투명한 나의 미래도 담겨있는 것만 같았다.

학교로 가는 길, 나는 늘 사람들을 착실하게 구경하곤 했다. 노량진에서 젊은이들이 우르르 탔고, 종각에서는 양복을 입은 사람들이 우르르 내렸다.

동묘앞역에서는 가끔 악당이 등장하기도 했는데, 마구 소리를 지르며 싸우던 아저씨들이 기억난다. 누구의 승리인지, 합의를 이끌지 못하고 한 분이 내렸다. 마치 대사를 끝내고 사라지는 배우처럼 극적인 퇴장이었다.

그 뒤로 몇 년이 지난 지금은, 전철을 타는 게 너무나 고된 일이 되었다. 힘들고 지루한 과정이 되어버린 이 이동 시간을 어떻게든 보내기 위해 나는 스마트폰을 보기 시작했다. 경쟁이 치열한 한국 서버의 게이머인 나에게 전철 이동은 맵과 맵 사이의 로딩 페이지일 뿐이다.

캠퍼스에서 남은 한 학기의 시간을 대부분 혼자 지냈다. 집에서도, 전철에서도, 쉬는 시간에도, 밥을 먹을 때도. 설렘 대신 권태에 잠겨버린 대학 생활은 어느덧 얼른 지나 보내고 싶은 로딩 화면이 되어버렸다. 그럴 때마다 어김없이 스마트폰을 꺼내 들었다.

몇 년 사이 스마트폰의 화면은 더욱 커졌고 화질은 선명해졌다. 대신 현실은 보잘것없어지고 감각은 흐릿해졌다.

미니멀리즘

우리는 정신을 과대평가하는 경향이 있다. '빛보다 빠른
것은 생각'이라고 하거나, 마음은 무한하달지. 근데 가만
생각해보면 절대 그렇지 않다. 정신은 우리의 작은 뇌에서
일어나는 전기적, 화학적 신호이기 때문에 정신 또한
물리 법칙을 따른다고 생각한다. 인간의 뇌는 대략 2,500
테라바이트의 용량을 가진다고 하는데, 그 말을 들었을
때 생각보다 작구나 싶었다. 뇌가 그렇게 작다는 사실을
인지하고 나니 조금 조급해진다. 머릿속에 들어오는 정보를
좀 더 엄선해야겠다는 생각이 든다. 가능하면 좋은 걸
보고, 내 기준에서 좋아하는 것들을 넣기로 한다. 지저분한
인스타그램 댓글이나 뉴스 댓글로 소중한 뇌 공간을 낭비할
여력은 없다.

개발자들이 격언처럼 여기는 말이 있다. "GARBAGE IN,
GARBAGE OUT." 말 그대로 쓰레기가 들어오면 쓰레기가
나온다는 뜻인데, 질이 낮은 정보가 들어가면 출력되는
결과물도 부정확함을 의미한다. 너무도 당연한 이치다.

머릿속 구조도 비슷한 것 같다. 우리의 뇌는 말하자면 믹서기
같은 존재다. 넣은 것은 틀림없이 갈려 나온다. 생각으로든,
말로든, 글로든, 음악으로든, 비디오로든. 그러니까 되도록
좋은 걸 보려고 노력해야 한다. 적어도, 내가 좋다고
생각하는 것만은.

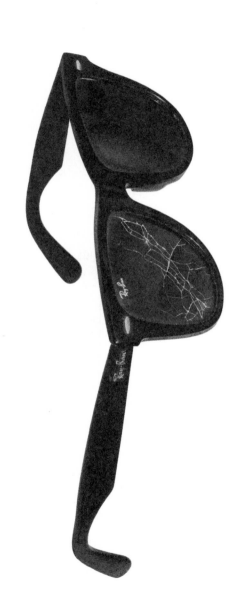

케이시 나이스탯처럼
살기 실패

나는 변화하고 싶었다. 본능을 거스르고, 이성으로 삶을
통제하고 싶었다. 일찍 일어나 활기차게 신체 활동을 하고,
사람들 사이에 섞이고, 일찍 자는 삶을 살고 싶었다.

다만, 터닝 포인트를 계속 기다렸다.
흔한 다이어트 성공담처럼.

"고백했는데 뚱뚱하다고 그랬어요.
그래서 미친 듯이 운동해서 3개월 만에 100kg을 뺐어요!"

나도 내 삶을 송두리째 바꿀, 인생에 한 번만 찾아올지도
모를, 그런 터닝 포인트가 찾아오기를 기다리고 있다. 나에게
찾아와 불씨를 당겨주기를, 당겨주기만 한다면 그 뒤로는
모든 게 저절로 활활 타오르리라 믿었다.

내게도 이따금 터닝 포인트가 찾아온다. 하지만 터닝
포인트의 역할은 거기까지다. 불씨를 계속해서 살려두고
유지하는 건 결국 내 몫이다. 결심에 불이 붙지 않는 이유는
나 때문이다. 실패한 이유에 핑계를 만들어 '그래, 이번에도
역시 똑같네.'라고 상황을 합리화시킨, 내가 원인이었다.

작은 불꽃에 차가운 물을 끼얹은 건 언제나 나였다.

항아리 게임

항아리 게임이란 게 있다. 캐릭터를 움직여서 산 정상으로 옮겨놓으면 되는 게임인데, 재미의 여부를 떠나 극악의 난이도를 자랑했다. 결국 수많은 사람이 흥미를 잃고 도전을 포기했는데, 그 이유가 이 게임에는 세이빙 포인트가 없기 때문이다. 즉 단계별 저장 기능이 없어서 중간에 실패하면 곧바로 밑바닥으로 떨어져 처음부터 다시 시작해야만 한다. 한 번의 실수로 지금까지 쌓은 모든 공이 무너지고 마는 것이다.

인생 역시 똑같다. 세이브 기능이 없는 게임이다. 그래서 우리는 기록해야만 한다. 기록하지 않는 인생은 항아리 게임과 같다. 성공한 기억, 실패한 기억, 당시 나의 선택과 행동을 설명할 수 있는 근거, 머릿속의 아이디어, 모든 성과와 교훈은 기록하지 않으면 금방 휘발되어서 사라지고 만다. 아무리 가슴 아픈 교훈일지라도, 기록하지 않으면 결국 다시 쌓아야 한다.

그런 의미에서 유튜브는 내게 마치 세이브 포인트와 같다. 모든 성공과 실패가, 즐거움과 슬픔이, 경험과 교훈이 휘발되지 않도록 기록하고 남겨두는 게임의 세이브 기능처럼.

낯선 사막에서 길을 잃어 헤맨다고 가정했을 때, 긴 시간 걷고 걸으며 길을 찾는 일은 꽤 힘든 과정이 될 것이다. 심지어 돌고 돌아 지나왔던 지점에 다시 돌아올 수도 있을 테고, 보이지 않는 목적지에 지치기도 할 것이다.

하지만 내가 지나가는 길목의 포인트를 횃불로 표시하면 어떨까? 어디로 걸어야 할지 모르는 건 똑같지만, 내가 표시한 횃불을 토대로, 어느 곳으로 가야 왔던 길을 돌아가지 않을 수 있는지 정도는 알 수 있을 것이다. 그렇게 개척한 길의 그 끝이 어디로 향할지는 모르지만, 적어도 어디론가 갈 수는 있을 것이다. 시작했던 지점에서 먼 곳으로.

그리고 어쩌면 그건 발전이라고 볼 수 있지 않을까.

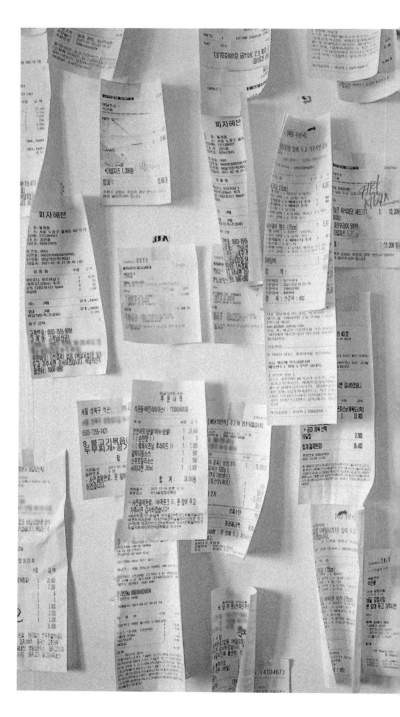

배달 음식에
관하여

배달 음식의 단점으로는 너무 비싸다는 것. 살찌게 한다는
것. 양 조절이 힘들다는 것. 엄청난 쓰레기가 나온다는 것이
있겠다. 그러나 가장 나쁜 점은 편리하다는 것이다.

음식을 먹는다는 것에는 먹는 행위, 그 자체 외에도 많은
것들이 담겨있다. 신중하게 채소를 고르는 일. 고기를
손질하는 일. 레시피를 공부하는 일. 세심하게 계량하는 일.
불을 조절하는 일. 정성을 들여 접시에 담는 일. 그러니 배달
음식을 먹는다는 건, 무수히 많은 과정을 생략하고 결과만
취하는 것.

배달 음식을 끊기로 하고 직접 요리를 시작하면서 다시금
알게 된 것이다. 그 모든 일들이 얼마나 사랑스러운지를.
모든 순간에서 새콤하고 달콤하고 쌉싸름한 맛이 나고
있다는 사실을.

한 가지 더 매력적인 건,
곱빼기를 먹어도 추가 금액이 없다는 사실.

루틴에 관하여

사람들과 섞이고 싶다. 그곳에 기회가 있으니까.

일찍 일어나 여느 사람들과 똑같이 출근하고,
함께 밥을 먹으러 가고, 퇴근 시간이 되면 일제히 집을 향해
가는 사람들 틈에 섞여 버스에 오르는 삶. 그래야 나라는
사람이 옆에 있다는 걸 알아줄 테니까.

10,000일

대한민국 국민의 평균 수명은 83년이라고 한다.
그걸 날짜로 바꾸면 30,300일쯤 될 것이다.

나는 오늘로 10,000일을 살았다. 인생이 3부작이라면
나는 오늘로써 1부의 끝을 맺는다. "보람찬 삶이었는가?"
하고 묻는다면, 그건 아니었던 거 같다. 경험보다는 이론을
중시하며 대부분을 책상에서 보냈다. 참 부질없는 시간이라
생각했다.

어른이 되고 싶었다. 재미없는 공부를 안 해도 되는,
술도 마시고 담배도 피우고 운전도 할 줄 아는 그런 어른이
되기를 바랐다. 그런데 진짜 어른이 되고 나니까, 어른은
공부 안 하고 술 마시고 담배 피우고 운전하는 그 이상의
것이 존재했다. 월세를 내고, 세금을 내고, 책임을 지는 것.
삶을 혼자서 지탱하는 것.

그렇게 생각하니 내가 책상에서 보낸 시간을 비로소
납득한다. 그건 배우는 과정이었던 거다. 그런 재미 없는
과정이 없었다면, 오늘의 난 더 형편없이 깨졌을지도
모르겠다.

승인. (∞).

취임은 하려했으나 점없다.

9천 년 주주총회 (백도성)에서 내가
creator로서 만장하기 위해서는 당신의
응원을 받아야한다...

나는 구독자 10,000명을 모으는 것이 그
목표라고 명박했다.

내년 4월~ 태어나서 10,000인이 된다.
(4월 (8인).(인오인).

이낫 파티는 하고 싶다. 뽑자 여러이대게
사람들, 내 주변은 다 오라했다. 이 파티는
위해 Branding & Marketing 을 하고
싶다

"개낫티 최고" 레이 Creation.

[BRAND Review video.]

foRtto

영어에 관하여

사회는 고등학교가 아니다. 고등학생 때는 일부러 영어 발음을 딱딱하게 했다. 놀림을 받을까 봐.

어렸을 때는 발음에 집착했다. 미국인처럼 발음하지 못하면 영어를 못하는 거라고 생각했으니까. 부족한 영어를 남발하면 잘난 체한다고 눈총을 맞았다. 겉으로 드러나는 영어 발음에 너무 집착하다 보니 남의 영어 실력을 쉽게 재단하게 될 뿐만 아니라, 스스로의 기준도 높아지게 되는 것 같다.

나는 곧잘 영어를 하는 것처럼 보이지만 실상 영어로 말할 때마다 무척 더듬는다. 특히 사람들 앞에서 영어를 할 때면 엄청 엄청 더듬곤 한다. 우리 집에 금송아지가 있다고 자랑하는 것만큼 어이가 없겠지만, 사실이다. 정말 웃긴 건, 혼자서 하면 술술 잘만 나오는 영어가 사람들 앞에만 서면 잘 안 나온다는 것이다.

왜 그럴까 하고 가만히 생각해보니, 지금껏 나는 영어를 수학과 같은 방식으로 인식하고 있었던 것 같다. 수식에 깃든 단 하나의 실수만으로 거짓이 되어버리는 수식처럼. 'for'와 'to'를 헷갈려서 잘못 쓴 문장은 완전히 틀린 것이 되어버린다. 외국에서 살아 본 적이 없는 나는 학교에서 가르쳐 주는 문제집과 교과서에 무조건적으로 의존할 수밖에 없었다.

the office

그러나 그건 착각이었다. 영어는 발음이기 전에 '언어'라는 것을 간과했다. 언어는 의사소통을 하기 위한 도구이므로 의미만 전달할 수 있으면 된다. 발음이 안 좋아도, 문장 구조가 어색해도, 어휘력이 부족해도. 정말 맛있는 음식은 못생긴 그릇 위에 내놓아도 사람들의 칭찬을 받는 것처럼 내가 하고 싶은 말이 맛있다면, 엉망진창 문법과 발음으로 이야기해도 사람들은 좋아해 줄 것이다.

도구는 연마해야 날카로워지는 법이다. 부족하다고 생각해서, 또래 사이에서 튀기 싫어서 영어를 감춘 건 큰 실수였다. 나의 최종 목표는 가장 사랑하는 시트콤인 <더 오피스> 를 자막 없이 보는 것이다. 한글 자막이 없으면 캐릭터들의 표정에 더 집중할 수 있고, 놓쳤던 장면 속 새로운 것들을 발견하게 되는 것처럼, 보이지 않았던 세계가 확장될 테니.

내가 크리스마스에
원하는 것

나는 사실
그렇게 많은 걸
바라지 않는다.

특대 족발.
그리고
그걸 사이좋게 나눠 먹을 애인.

너무 많은 걸 바라는 걸까.

무신사가 준 선물

세상에서 멋있는 사람은 다 무신사에 모여있는 것 같다.
여기 사람들은 옷을 잘 입는다. 나에게 있어서 옷을 잘
입는다는 건 두 가지를 의미하는데, 첫째는 자신이 무엇을
좋아하는지 잘 안다는 것이고, 둘째는 자신에게 무엇이 잘
어울리는지 인지하고 있다는 것이다.

그러니까, 옷을 잘 입는 사람은 이 넓은 우주에서 자신의
위치를 정확하게 파악하고 있는 사람이다.

모르는 당신과
아찔한 어깨빵

거리에서 만나는 완벽한 타인들이 무섭게 느껴질 때가 있다.
무표정으로 걷는 사람들 중 가끔씩 아무렇지도 않게 내
공간을 침범해서 어깨빵을 하는 자들 때문이다. 어느 순간
편견이 심어지고 사회가 불신으로 가득 찬 데에 그들 탓을
해본다. 어쩌면 우리 모두의 자존심과 어깨를 수용하기에
도시의 면적은 한계에 다다랐는지도 모른다.

사회생활에서도 사람들의 어깨 힘겨루기는 계속된다.
책임을 미루고 이익을 가져가려 한다. 그래서 나는 무작정
호의를 베풀 수 없다. 베풀었던 호의가 손해로 돌아오면
상실감은 몇 배로 크다. 절대로 손해 보지 않으리. 굳게
결심하고 야심차게 집 밖으로 나선 그날 아침, 이름 모를
남자의 어깨빵을 피하지 않고 받아들였다. 그리고 이내
사과를 받았다.

나의 승리였다.
이윽고 그 승리가 나를 괴물로 만들었다는 걸 깨닫는다.
배려라고는 하나도 모르는 자들.
나는 내가 혐오하는 그들 중 하나였다.

밥 먹고 하자

회사의 장점은 점심시간이 있다는 거다.

치열하게 토론하다가도, 바쁜 일이 있더라도, 다들 칼같이
점심을 챙긴다. 정신없이 촬영이 이어지는 현장에서,
모두가 하던 일을 내려놓고 김밥을 먹는다.

밥을 먹으면서 새삼 되새긴다.
이 모든 게 먹고살고자 하는 일이라는 것을.
건강과 행복과 성취감과 사랑을 위해서라는 것을!

만 나이

외국인 친구들이랑 이야기하다 보면, 나이에 비해서 많은 걸 이룬 것 같아서 놀랄 때가 많다. 내 가장 친한 친구 중 한 명인 Amanda Grant는 나보다 두 살이나 어린데, 미국에서 대학원까지 나왔고, 지금은 뉴욕에서 열심히 일하고 있다.

군대까지 다녀왔다고 치더라도, 나는 주변 사람들에 비해서 많이 느린 것 같다. 학교는 28살이 되어서야 마무리했고, 서른이 다 되어서야 간신히 취직했다. 가정을 꾸리는 일은 요원하다. 시간을 희생한 만큼 대단한 사람이 되어있는 것 같지도 않다.

요즘이야 많은 사람들이 그러지 말라고, 모두 각자의 타이밍이 있는 거라고, 조급해하지 말라고 이야기해주니까 조금은 위로가 될지는 몰라도, 사실 조급한 마음을 달랠 수가 없다. 그런 속 편한 소리에 자위하다가는 결국 아무 데도 못 갈 것 같은 두려움이 인다.

그럴 때마다 나이가 딱 두 살만 어렸으면 좋겠다는 생각을 한다. 두 살만 어려지면 뭐라도 할 수 있을 것 같다. 딱 두 살만 어려지면 하고 싶은 일을 적어본다. 일단 나는 취업하려고 기를 쓰지 않을 것이다. 직업은 나에게 있어서 목적이 아니다. 내가 쓰임 받을 수 있도록 하는 수단이다. 나는 취업 말고도 다른 곳에서 쓰임 받을 수 있는 방법을 모색한다. 그리고 나를 위해서 더 많은 시간을 쓸 것이다. 특히 쇼츠는 덜 볼 것이다. 쇼츠를 보는 건 남을 위해 시간을 쓰는 거다. 그 관심을 나에게 도움 되는 곳에 쓸 것이다.

나는 Amanda에게 그런 푸념을 한다. 그러자 그가 말했다.

"잠깐, 한국 나이로 30이라고? 그럼 너 실제로는 28 살이잖아. 전 세계 80억 인구 중에서 5,000만 안 되는 사람들만 나이를 두 살 더 먹어. 바로 한국!"

장마에 관하여

비 오는 날은 선명하다. 나뭇잎의 색깔. 땅의 냄새. 도로 위에 비치는 자동차들의 불빛. 게다가 비가 오니까 다 함께 조금씩 느려지는 게 참 마음에 든다.

다 함께 느리게 가니까,
이 선명한 것들을 천천히 죄책감 없이 즐겨본다.

나는 비 오는 날이 참 좋다.

서울 최고의
가게

'산타바버샵'
'ROCKADOODLE'

시류를 거스르고 자신만의 신념을 지키는 것이 얼마나
어려운 일인지. 이렇게 당신들만의 낭만적인 공간을 꾸리는
데까지 얼마나 많은 부침이 있었을는지. 오늘도 팬이 되어
기꺼이 돈을 지불한다.

이미 늦었습니다

신호등이 깜빡거릴 때 건너는 건 위험하다.
이미 늦었다.
그러나 반드시 기회는 돌아온다.
돌아올 타이밍을 거머쥐기 위해,
나는 횡단보도에서 숨을 고르며
다음을 착실히 기다리기로 한다.

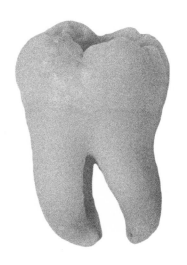

시간이 모든 걸
해결해주지는 않더라고

치통이 느껴졌다.
나는 대부분의 문제를 해결했던 방법처럼 꾹 참았다.
그렇게 몇 달이 지나고, 뼈저리게 느낀다.

문제를 두고 도망치면
몇 배의 고통과 몇백만 원의 치료비가 되어서
돌아온다는 것을.

발렌시아가를 신으면
인생이 조금 달라질까

선구자들을 존경한다. 중론을 거스르고 핍박을 견디는 건 정말로 피곤한 일이다. 노홍철 님이 치마를 입고 공중파 방송에 나왔을 때를 기억한다. 자극적인 내용의 기사들이 포털 사이트를 장식했었다. 몇 년이 지난 지금도 그는 가끔 치마를 입는데, 이제는 그를 바라보는 시선이 조금은 유해진 것을 느낀다. 그에게 감사하다. 파격적인 패션으로 세상에는 여러 가지 선택지가 있다는 것을 보여준 덕분에, 우리는 조금 더 과감해질 수 있었다.

그래서 발렌시아가의 그 못생긴 신발을 봤을 때, 왠지 모를 도전 의식이 생겼던 거다. 너무 눈에 띄는 이 신발을 신으면 다른 모든 기행들이 묻혀버릴 것 같은, 그런 자신감. 그런 애구나, 하고 넘어갈 것 같은 그런 이상함.

모태솔로

나는 당신이 좋습니다. 만난 적은 없지만,
앞으로 만날 수 있을런지도 모르겠지만.
그래도 돌고 돌아 우리가 만나게 된다면,
이런 사람이 될게요.

1. 혼자서만 맛있는 것을 먹지 않을게요.

2. 먹더라도 꼭 당신을 생각할게요.

3. 그리고 다음에 꼭 사줄게요.

4. 무조건적인 믿음을 드릴게요.

5. 친구들이랑 술을 마시러 가도 잠자코 기다릴게요.

6. 술 마시고 돌아올 수 있는 든든한
   자가 아파트 같은 사람이 될게요.

7. 술 마시고 들어오면 해장국을 끓여줄게요.

8. 뭘 하든지 지지할게요.

9. 당신을 바꾸려고 하지 않을게요.

10. 당신을 위해서라면 바꿀게요.

11. 밀면 밀리고 당기면 당겨지는 사람이 될게요.

비를 맞자

비가 오면 세상이 느려진다. 마음속으로 늦게 온 만원 버스를
질책한다. 평소에 30분이면 도착하는 귀갓길이 한 시간을
넘긴다. 빗물이 고인 웅덩이에, 옆자리 승객의 우산에,
아직 가시지 않은 더위 때문에, 온몸이 땀에 젖어서 빨리
집에 도착하기만을 바란다. 사람들의 젖은 신발이 버스
바닥을 스칠 때마다 비명을 지르는 것 같은 소름 끼치는
소리가 났다.

나는 비 오는 날을 좋아했다. 모든 것이 느려져서 더 좋다고
했다. 선명해진 도시의 풍경과 냄새를 사랑한다고 했다.
그러나 그 모든 것들이 그저 팔자 좋은 무직자의 쓸모없는
낭만에 불과했던가. 당장의 불편에 또 하나 좋아하는 것이
사라진다.

나는 못 참고 만원 버스에서 내려서 집 방향으로 걷는다.
두근거리는 가슴이 조금씩 진정되고, 풍경이 눈에 들어온다.
빨리 도착하고 싶다는 마음을 내려놓고, 풍경에 집중한다.

내가 좋아하는 것이 거기 그대로 있다. 선명한 나뭇잎 색깔,
젖은 도로에 반사된 도시 불빛, 우산에 닿는 빗소리. 집에
가는 길은 이내 두 시간으로 늘어났다. 그러나 왠지 모르게
마음은 편안하다.

확실한 사실 덕분이다. 결국에는 도착한다는 것.

여름이었다

나는 여름이 가장 좋다. 모든 게 선명한 계절이다.
선명한 색, 짙은 여름의 냄새….
무엇보다 여름에는 작은 것들이 더 소중해진다.
뜨거운 거리를 걷다가 마시는 차가운 아메리카노 한 잔에도
감사하고 행복해진다.

아, 여름이었다.

나를 찾아 줘

불과 몇 년 전인데, 벌써 한 세월이 지난 것만 같다.
한정판 신발이 인기 있었던 때가 있었다. 신제품이 나오면
전 국민이 사돈의 팔촌 아이디까지 빌려서 응모하곤 했다.
줄을 서서 신발을 사고, 또 자랑스레 신었던 그때. 웃돈까지
주고선 비싼 신발을 사서 신었는데, 전철에서 같은 신발을
신은 사람을 수도 없이 마주치기도 했던 씁쓸한 추억도 함께
생각난다.

우리는 특별하기를 원한다. 그리고 많은 경우, 그 특별함에는
정답이 있는 것 같다. 좋은 신발, 좋은 옷, 좋은 차. 그 외의
것들에는 좀처럼 눈길을 주지 않는다. 마치 1월 1일의
해돋이만 모든 스포트라이트를 받고 다른 날들의 해돋이는
주목하는 사람들이 별로 없는 것처럼.

1월 1일은 특별한 하루지만,
진짜 재밌는 일들은
나머지 날들에서
더 많이 일어난다는 것을
잊지 말기.

inspiration

영감

stealing
casey neistat's lifestyle

매일 밤 자기 전 결심한다. 결심은 아주 쉽고 공짜니까!
내일은 빨리 일어나야지. 그리고 일어나서 헬스장을 가자.
그리고 도서관에 가서 열심히 공부하자. 상상 속에서 나는
50kg 덤벨도 가뿐하게 들고, 도서관에서 열 시간을 열심히
공부하는 청년이다.

언제가 될지는 모르지만, 내친김에 자리를 잡고 난 이후의
삶도 그려본다. 한 달에 백만 원씩 저축해서, 일 년 후에는
레이 자동차 한 대를 산다. 그리고 주말이면 동해의 해변으로
차를 몰아 백사장에 차를 세우고 캠핑을 한다. 참 근사한
토요일 저녁이다.

늦은 오후가 되어서야 나는 일어난다. 어느새 바닷가에
레이는 없다. 아니, 나는 바닷가에 있지도 않다. 여전히
딱딱하고 좁은 자취방 바닥이다. 나는 간밤의 아름다운
그림이 어그러진 것이 슬프다고 생각하지 않는다. 어떤
그림이었는지 까먹었기 때문이다. 다만 다짐의 흐릿한
윤곽과 못생긴 합리화가 남았다. 간밤에 모래사장에 그린
멋진 그림이 흩어진 것처럼, 근사한 결심은 빠르게 흩어졌다.
밤은 빠르게 다시 찾아온다.
오후 늦게 일어난 탓이다.

어두워진 방 안에서 나는 위대한 유튜버, 케이시 나이스탯의 비디오를 본다. 그가 맑은 뉴욕 하늘을 배경으로 달린다. 40살의 나이에 어울리지 않는 탄탄한 몸을 가지고 뉴욕과 부딪치는 그의 모습을 지켜본다. 새벽 네 시에 일어나서 뉴욕 시내를 달리고, 건강하게 먹고, 빛나는 사람들과 만나 빛나는 대화를 나눈다. 자신이 사랑하는 일을 한다. 그리고 그 모든 걸 비디오로 기록하여 전 세계와 공유한다.

오래도록 그를 동경했다. 생각해보면 우리는 모두 인생의 어떤 과업을 달성하기 위해 상경한 미생이다. 나는 뭐라도 해보려고 고향 광주를 떠나 서울에 왔고, 케이시도 뭔가를 하려고 무일푼의 몸을 이끌고 고향 코네티컷을 떠나 뉴욕에 갔다. 그와 나의 차이를 고민해본다.

유일한 차이는 그가 만들었다는 것이다. 나는 생각에서 그쳤던 그 원대한 생각을 그는 실행했고 기록했고 만들었다. 이제 그의 생각은 바람이 오고, 파도가 치고, 지진이 나도 흩어지거나 무너지지 않는다. 모두 유튜브에 업로드되어 있기 때문이다. 튼튼한 구글의 서버 건물에 차곡차곡 모여있기 때문이다.

그래서 나는 글을 모은다. 모래로 성을 쌓기 위해서는 물이 필요한 것처럼, 나의 생각으로 미래를 쌓기 위해서는 글이 필요하다. 생각이 흩어지지 않기를 바라면서 기록한다.

자유에 관하여

평생을 이래라저래라 하는 대로 착실히 살았는데, 어느 순간 갑자기 이래라저래라 하는 목소리들이 사라진 것이다. 자유, 나는 그걸로 뭘 해야 할지 몰라서 매일 술을 마셨다.

아이러니하게도, 나는 술을 싫어한다. 그런데도 왜 그렇게 술을 먹었냐면, 친구들 때문이다. 소위 쿨한 친구들이었는데, 옷도 잘 입고, 담배도 맛있게 피우고, 클럽에도 자주 다니는 그런 친구들이었다. 친구들은 하루가 멀다 하고 술을 먹자고 나를 불러냈다. 나는 술을 싫어했지만 무리에 속하지 못하는 게 훨씬 더 싫었다. 그들의 기억 속에, 선택지에 내가 없는 게 싫었다. 그래서 나는 그들이 좋아하는 걸 좋아하기로 했다.

몇 년이 지났고, 나는 이제 더 이상 그들과 연락하지 않는다. 술도 더 이상 마시지 않는다. 자유, 나는 그걸로 뭘 해야 할지 여전히 모른다. 그래서 하루 종일 누워 있는다. 알고리즘이 이끄는 대로 따른다.

이제 무엇을 해야 하고 무엇을 좋아해야 하는지, 누가 나에게 알려줄까. 자유롭다는 것은 다시 말해서 어디에든 얽매일 수 있다는 것이다. 어디에도 묶이지 않은 나는 멋있어 보이는 것에 쉽고 빠르게 사로잡혔다. 그리고 나의 주도권과 자유를 넘겨주었다.

자유롭기 위해서는 어느 정도의 통제가 필요하다.

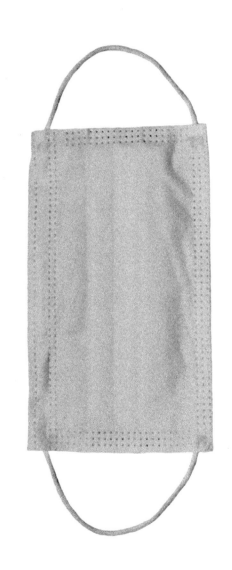

TO YOU
FROM HOME

평생에 몇 번이나 있을까 싶은 일이 일어난 거다.
일요일 아침이거나 명절 때의 도시보다도 황량하다. 2020
년의 거리는 재난 영화에 나오는 도시처럼 텅텅 비어있었다.
진짜 재난이다. 재난 영화보다도 지독한! 전염병 때문에 많은
사람들이 아프고 죽고 있었다. 모든 사람들이 두문불출하고
있다. 거리에는 사람도, 차도 다니지 않는다.

혼자 있는 날들이 계속되었다. 별일이 없으면 일주일씩
외출을 안 하기도 했다. 말을 잘 안 하게 됐다. 말을 들을
일도 없게 되었다. 소통이 줄자, 가장 큰 변화는 상상력이
풍부해졌다는 것. 좋은 의미에서의 상상력이 풍부해졌으면
좋으련만. 나는 자꾸 마스크 아래의 표정을 유추하거나,
입 밖으로 나오지 않은 말을 상상하기 시작한 것 같다.

그건 최악의 습관이 되었다. 그 습관 때문에 나는,
나를 제외한 모든 사람이 한편이 되었다고 믿게 됐다.
한편이 되어서 나를 무시하거나 미워한다고 생각했다.
내가 지금 혼자인 건, 다들 나를 만나기 싫어하기
때문이라고. 저 사람이 나를 쳐다본 건, 내가 뚱뚱해서라고.

노래를 만들었고 사람들에게 후렴을 함께 불러달라고
요청했다. 유명하지도 않고, 뮤지션도 아닌 나에게 서른 명이
넘는 사람이 자신의 목소리를 빌려주었다. 나의 모든 상상이
진실이 아니라는 사실을 깨닫는다.

애플에 관하여

2005년, iPod을 처음으로 본 순간, 나는 그와 사랑에
빠지고 말았다. 그것은 차가운 상품 그 이상의 것이었다.
메시지이자, 인류에 대한 뜨거운 애정이자, 내가 인생에서
새겨야 할 이정표였다. 그래! 사람들이 뭐라고 하든 나는
애플을 사랑한다.

내가 애플을 좋아하는 이유는 애플이 항상 소비자 입장에서
생각하기 때문이다. 그러니까 내 입장에서 생각해준다는
거지. (그렇게 생각하지 않는 사람이 아주 많다는 걸 이미
안다. 나는 그런 당신도 존중한다.)

이를테면 이런 거다. 다른 많은 회사들은 자신들이 만든
제품의 성능을 자랑한다. 고성능 랩탑에 꼭 붙어 있는 못생긴
스티커가 그 예다. 인텔 뭐가 들어갔어요. 무슨 그래픽
카드가 들어갔어요. 사실 나는 그런 것에 관심이 별로 없다.
나는 그 제품의 주인으로서, 제품에 그런 칩들이 들어갔고
어떤 하드웨어 부품이 탑재되었는지 이미 잘 알고 있다.
그러니까, 부러 스티커를 덕지덕지 붙여서 더 자랑할 필요가
없다는 말이다!

애플은 충실히 제품의 퀄리티를 올림과 동시에 제품의 성능에 대해서는 굳이 더 말하지 않는 경향이 있는 것 같다. 제품의 성능을 자랑하는 대신에, 제품을 가지고 사용자가 무엇을 할 수 있는지에 대해서 더 집중한다. 제품을 사용하고자 하는 사용자가 본질적으로 어떤 곳에 집중하는지를 정확하게 파악하고 있는 것이다.

인정받기 위해서는 자격과 점수를 갖춰야 한다. 토익 점수가 높아야 할 테고, 학점 또한 높아야겠지. 그러나 인정받는 것과 실제로 효용을 제공하는 것은 꽤나 다른 일이다. 점수가 높은 것과 요령이 좋은 것은 서로 다른 것이기 때문이다.

토익 점수가 높아도 영어로 흥정 한마디 못 하는 사람들이 있는가 하면, 토익 점수는 형편없어도 억척스럽게 가격을 깎는 사람들이 있다. 점수 대신에 본질적으로 내가 어떤 사람인지, 내가 뭘 좋아하는 사람인지에 집중하는 사람은 때로 더 큰 효용을 제공한다. 결과적으로 더 강력한 브랜드가 된다.

본질에 집중하자.

싫어요

나는 대체로 과학적인 것만 믿지만, 환생이라는 개념은 꼭
진짜였으면 좋겠다고 생각한다. 영원 중에 찔끔, 100년
남짓을 살고 가는 건 너무 짧지 않나? 이렇게 짧다면 대신
여러 번이라도 살아보고 싶다. 그래야 밸런스가 좀 맞는 거
아닌가요, 운영자님?

내가 생각하는 환생은 흔히들 생각하는 환생과는 좀 다르다.
환생을 다루는 세계관에서는 일반적으로 선형적 시간이
전제되어 있어서, 몸이 죽으면 즉시 동시대의 다른 몸으로
환생한다고 한다. 그러니까, 세상에는 수많은 영혼들이 있고,
죽으면 그저 새로운 몸으로 환승하고, 그걸 영원히 반복하는
거다.

내가 생각하는 환생은 환생을 하기는 하는데, 새로운 몸으로
환생을 하는 게 아니라, 지구상에 이미 존재하는 다른 몸으로
환생을 하는 거다. 그러니까, 내 삶이 끝나면 내 영혼은
나의 엄마 아빠의 삶도 살게 되고, 이어서 나의 친구들의
삶을 살게 되고, 일론 머스크의 삶을 살거나, 과거로 돌아가
유관순 열사의 삶도 살게 되거나, 레오나르도 다 빈치의

삶, 네로의 삶, 공자의 삶도 살고, 곰의 삶, 돼지의 삶, 범고래의 삶, 해파리의 삶도 살고 모든 개미의 삶, 지네의 삶, 바퀴벌레의 삶, 제너럴 셔먼 나무의 삶과 잡초의 삶을 사는 거다. 말하자면, 전 세계 모든 생명의 물리적인 신체들에 하나의 영혼이 관통하며 살게 된다는 것이다. 마치 무수히 많은 구슬을 하나의 실이 모두 꿰고 있는 모습이 될 거다.

내가 이번 생에서 어떤 삶을 사느냐가 나의 다음 생에 적게든 많게든 영향을 끼칠 수 있다고 한다면, 사는 동안 좀 더 착하게 살아야겠다는 생각을 한다. 내가 휘두른 칼에 내가 죽을 수도 있고, 내가 베푼 사랑에 내가 행복할 수도 있는 거잖아! 침 뱉는 거나 욕하는 건 쉽다. 하고 나서 금방 까먹어버릴 수 있다. 그러나 그걸 받아들이는 입장은 어렵다. 침투성이가 된 거리를 걷거나 욕을 들으면 하루 종일 기분이 나쁘다. 대신 사랑을 하면 어떨까. 다른 사람들을 이해하고 사랑하는 건 생각보다 쉽다. 내 인생을 살면 된다.

그러니까 이왕이면 악플을 다는 사람과 '싫어요'를 누르는 사람도 사랑하려고, 용서하려고 한다. 다 나니까.

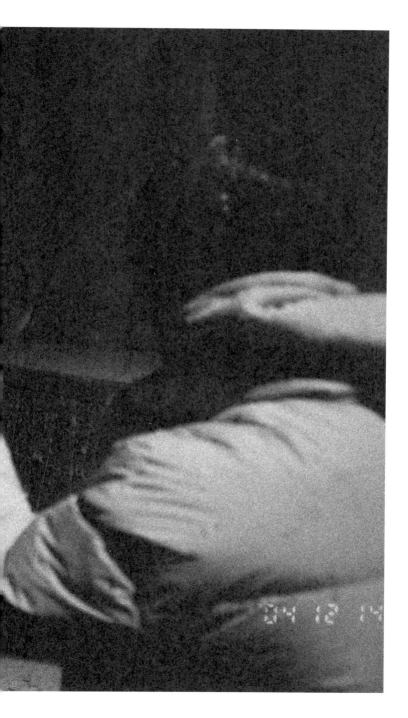

취향 찾기

내 인생에서 가장 중요하다고 생각하는 건 취향이다.
내가 좋아하는 것이 무엇인지 알아야 나 자신을 즐겁게
할 수 있고, 즐겁게 사는 것이 인생의 목표이기 때문이다.
또 사람들과의 소통과 교류에서도 내가 좋아하는 것을
아는 것은 중요한데, 그 이유는 내가 한 명의 큐레이터이기
때문이다.

내가 좋아하는 것을 소비해서 뇌에 쌓고, 그것을 나만의
시선과 생각을 통해 엄선하고 가공해서 세상에 내보내는
것이 '창작'이니까.

나의 취향이 뚜렷하고 흥미롭고 매력적일수록, 사람들은
내가 만들어 내는 것에 집중할 것이다. 고로 나만의 취향은
나의 무기가 될 수도 있다. 그러나 취향을 발견하는 건
생각보다 어려운 일이다. 너무나 많은 곳에서 콘텐츠를
제안하고 있으니까. 유튜브가, 인스타그램이, 스포티파이가,
넷플릭스가 나를 너무 잘 알고 있으니까.

알고리즘을 통해 플랫폼에서 추천해주는 콘텐츠는 물론
재밌고 유익하기도 하지만, 가끔은 내가 수많은 사람들과
같은 것에 열광하고 같은 것에 빠져있다는 생각이 들
때가 있다. 조금은 경계가 필요하지 않을까, 깨닫게 되는
순간이다.

많은 사람들이 비슷한 것을 보면 비슷한 생각을 하게 되고,
비슷한 생각들만 있다면 사회가 발전하기 힘들 테니까.
그리고 무엇보다 모두가 비슷한 생각에 비슷한 창작물만
만들어 낸다면, 재미없으니까!

그렇기에 나는 의식적으로라도 알고리즘 바깥으로 나가려고
한다. 유행하는 것은 일부러 안 보고, 남들이 잘 안 보는
것들에게 더 기회를 주려고 애쓰기도 한다.

가령 이런 거다. 멜론 TOP100도 좋지만, 피치포크에서
다루는 음악도 들어보거나, 박스오피스 1위 영화도
즐기지만, A24에서 만든 영화도 좀 챙겨보거나 하는.

프라이탁

산업 디자이너들의 안목을 무조건적으로 믿는 편이다.
신입생 시절에 프라이탁을 살 때도 그랬다. 디자인과 친구들
혹은 멋진 선배들이 프라이탁 가방을 메고 다니는 것을 보고,
어떠한 줏대도 없이 나는 그냥 프라이탁의 팬이 되어버렸다.

나름 안목이 생긴 지금에서야 프라이탁을 사랑하는 나만의
이유가 생겼는데, 아주 실용적이다라는 점이다. 치열하게
삶의 터전에서 일하는 사람의 입장에서, 더러워져도 티가
안 나고, 청소하기도 쉽고, 또 아주 튼튼하고, 수납하기 좋은
가방은 좀처럼 찾기 힘들다.

브랜딩이고 업사이클링이고 뭐고, 다 장식일 뿐이다.
그러니까, 결국 본질이다.

관종에 관하여

가끔씩 내리는 비를 기다리는 농부처럼, 나는 관심과 기회가 내리기를 바라고 있다.

학창시절에는 어쩌다 한 번씩 친구들 앞에서 노래를 부르기도 했다. 선생님이, "야, 누구 노래 하나 불러 봐라." 하고 말씀하시면, 친구들이 "임승원! 임승원!" 하고 연호해주었다. 나는 괜히 점잔 빼면서 분위기를 깨고 싶지 않은 마음 반, 친구들의 시간을 낭비하고 싶지 않은 마음 반, 그러면서도 칭찬받는 걸 즐기는 마음 반으로, 교실 앞으로 나섰다. 그리고 Queen의 <We Will Rock You>를 불렀다.

어쩌면 나는 락스타가 되는 그 기회만 기다리고 있었나 보다. 나는 자발적으로 나서지는 않지만 누가 시키면 하는, 그런 수동적인 관종이다.

관심은 비와 같아서, 내리다가도 금방 다른 곳으로 자리를 옮긴다. 비가 그치면, 어디에 담아두지 않은 빗물은 흘러가서 말라버린다. 그러니까 갑자기 쏟아진 비에 얼떨떨해하다가 가뭄을 대비할 절호의 기회를 놓치지 말자.

내리는 관심을 버킷에 잘 담아두자.
똑똑한 관종이 되는 것이다.

자연 발화

모든 사람을 만족시킬 수 없다는 사실은, 살아가면서 깨닫게 되는 중요한 교훈 중 하나다. 이를 인정하고 받아들이는 것은 쉽지 않은 일이지만, 이를 통해 우리는 더 건강한 마음으로 삶을 대할 수 있다.

먼저, 모든 사람의 기대와 욕구는 다르기 때문에, 한 사람의 행동이나 선택이 모두에게 만족감을 줄 수 없다.

예를 들어, 한 사람에게는 맛있는 음식일지라도 다른 사람에게는 그렇지 않을 수 있다.

따라서 자신의 선택이나 행동으로 모든 사람을 만족시키려는 노력은 헛된 시도일 뿐이다.

또한, 모두를 만족시키려는 노력은 마치 전단지를 돌리면서 관심을 억지로 유도하는 것과 같다. 이런 방식으로 얻어진 관심은 잠시의 것일 뿐, 지속적이지 않다.

반면, 진정한 가치와 품질을 갖춘 것은 자연스럽게 사람들의 관심을 끌게 된다. 예를 들면, 호객행위를 하지 않아도 좋은 향기를 풍기는 빵집은 자연스럽게 사람들이 몰려드는 것처럼.

결국, 우리는 자신의 가치와 믿음을 지키며 살아가는 것이 중요하다. 나에게 호의를 주는 사람들, 즉 진심으로 나를 이해하고 지지하는 사람들은 시간이 지나도 변하지 않고 나의 곁에 있을 것이다.

이러한 사람들과 함께하는 순간들이 바로 진정한 행복이라고 생각한다. 그러므로 모든 사람을 만족시키려는 압박에서 벗어나, 진정한 자신을 찾아가는 여정을 시작해 봐야겠다.

비디오를
요리하는 방법

"YOU ARE WHAT YOU EAT." 먹는 것이 곧 나라는
말이 있다. 내가 먹는 것이 곧 나의 몸을 구성한다는 의미다.
어제 내가 먹은 삼겹살이 내 피와 살이 된다고 생각하면 좀
신기하다.

그렇다면 "YOU ARE WHAT YOU SEE."도 맞는 말이
아닐까. 우리가 보고 듣는 게 우리의 정신을 구성하는 거다.
우리가 평소에 듣는 음악, 읽는 책, 보는 영화, 유튜브, TV,
그리고 만나는 사람들까지 모든 것들이 우리의 정신, 그리고
우리가 만드는 창작물에까지 영향을 미치는 거다.

건강한 음식을 먹으면 건강한 몸을 가지는 것처럼,
건강한 영감을 취하면 건강한 정신을 가진다고 생각한다.
무엇이 건강한 영감인가에 대해서는 의견이 분분하겠지만,
나는 가공이 덜된 영감일수록 더 건강하다고 생각한다.

생 소고기	스테이크	햄버거	햄
원재료에 가까움			가공을 많이 함

가공이 덜된 원재료에 가까울수록, 내가 새롭게 해볼 수 있는 것이 많다. 예를 들면, 소고기가 있다고 해보자. 좋은 부위를 골라내서 스테이크를 만들 수도 있을 거다. 잘 다진 돼지고기에 빵가루를 섞어서 맛있는 햄버거를 만들 수도 있을 거고. 아니면 아주 잘게 갈아서 여러 가지 양념을 넣어서 햄을 만들 수도 있다. 그러나 반대로는 불가능하다. 햄으로는 스테이크를 만들 수 없다.

영감도 비슷하다고 생각한다. 실제 세상에서의 경험이, 어떤 저자의 책으로 펼쳐지고, 그 책을 읽은 사람이 영화를 만들고, 그 영화를 본 사람이 숏폼 콘텐츠나 영화 리뷰 콘텐츠를 만든다.

하위의 가공을 많이 한 콘텐츠가 나쁘다는 것이 아니다. 단지, 점점 가공되어 한 단계 한 단계 지날 때마다, 가공하는 사람들의 취향과 생각과 의견이 첨가되어, 발전의 여지가 없어지는 것이 아쉬운 거다.

삶	책	영화	유튜브 영화 리뷰, 쇼츠
원재료에 가까움			가공을 많이 함

가장 말단에 위치한 콘텐츠에는 내가 새롭게 생각을
발전시킬 수 있는 공간이 없다. 햄을 더 가공할 수 없는
것처럼.

그래서 이왕이면 유튜브 영화 리뷰로 만족하기보다는,
직접 영화를 보는 게 좋다고 생각한다. 영화를 보고 나서
평소 영화감독이 영감을 많이 받았다고 알려진 책을
찾아보는 것도 좋겠다. 그리고 가능하다면 실제로 세상에
나가서 많은 경험을 해보는 것이 가장 좋은 것 같다. 여행도
많이 하고, 사람도 많이 만나보고, 대화도 많이 나눠보는
거다.

이렇게 장황하게 늘어놓은 이론과는 별개로, 나는 가공이
많이 된 것을 특별히 좋아한다. 햄이 듬뿍 들어간 부대찌개도
아주 좋아하고, 과자도 엄청나게 좋아한다. 쇼츠, 릴스,
틱톡을 보느라 몇 시간을 보내기도 하고. 그러니까 이 모양
이 꼴이겠지.

탈이 나지 않으려면 골고루 섭취해야지.

망했다

1월 1일을 기다렸다. 모든 것이 시작되는 경건한 날. 내 인생에 다이어트 터닝 포인트가 있다면, 그건 1월 1일이어야 해!라고 어쭙잖은 내 안의 스토리텔러가 말했다. 거창한 계획을 세웠다.

"일 년 동안 절대로 튀긴 음식을 먹지 않겠습니다. 튀긴 음식을 먹으면 삭발하겠습니다."

그러나 야심찬 계획은 무심코 집어든 한 조각의 버팔로 윙 때문에 끝이 난다. 생각보다도 빠르게! 삭발대에 오른 나는 생각했다. 다이어트를 다시 시작하려면 1월 1일을 기다려야겠다고. 거창한 계획은 그래서 별로다. 이뤄야 하는 것은 크고, 잃게 되는 것은 크다. 그렇기 때문에 다시 시도하는 것이 무섭다.

시작보다 중요한 건 계속하는 거다.
실패해도 그냥 많이 시도하는 거다.
그러다 하나가 얻어걸리는 거다.
그걸 기다리는 거다.

큰 교훈을 얻었다.
버팔로 윙은 삶은 게 아니라 튀긴 거라는 사실을.

연비 주행

인간을 자동차에 비유해보면 어떨까. 자동차가 짐을 싣고
목적지까지 가는 것처럼, 인간도 여러 가지 일을 안고
목적지로 가는 삶을 살고 있으니까.

큰 차	작은 차
유지비가 비싸다.	유지비가 싸다.
힘이 세다.	힘이 약하다.
짐과 사람을 많이 실을 수 있다.	짐과 사람을 많이 실을 수 없다.
기름통이 크다.	기름통이 작다.

큰 차가 있고 작은 차가 있다. 큰 차는 힘이 세다. 울퉁불퉁
오프로드도 쉽게 탈출할 수 있다. 짐을 많이 실을 수 있다.
사람도 많이 태울 수 있다. 반대로, 작은 차는 힘이 약하다.
험난한 길에 쉽게 바퀴가 빠진다. 짐도 많이 실을 수 없고,
사람도 많이 태울 수 없다.

사회 초년생인 나는 작은 차다. 하고 싶은 것은 많지만 힘은 약하다. 경제력도, 실행력도, 카리스마도 부족하다. 작은 고난에도 큰 타격을 받는다. 모든 것을 안고 갈 수도 없다. 하고 싶은 것들 중에 하나만 할 수 있다. 주변 사람들을 다 살뜰히 챙기고 싶지만 불가능하다. 친구들 생일 선물 몇 개만 사도 통장 잔고가 바닥난다.

그렇기 때문에 나는 '연비 주행'을 해야 한다. 우선, 불필요한 짐을 내리고 급정거를 지양하고, 무리되지 않는 속도로 일정하게 꾸준히 달리기로 한다. 내게 불필요한 짐이란, 신경 쓸 것을 줄여야 한다는 것이다. 특히, 모든 사람의 인정을 갈구하는 것 같은. 애초에 모든 사람의 마음에 들기란 불가능하다. 인간은 너무 많고 그 인간들의 취향을 모아놓으면 그 부피가 얼마나 클지, 무게는 얼마나 무거울지 상상조차 할 수 없다. 그래서 나는 모두를 만족시키는 대신, 나만 만족시키는 것을 목표로 한다.

가장 중요한 사실은,
나의 작은 차에
모두를 태울 수는 없다는 것.

아이폰으로 찍다

'원의독백' 채널을 꾸려가면서 단 하나 후회한 점이 있다면 더 일찍 시작하지 않은 것이다. 나는 기다렸다. 좋은 카메라가 마련될 때까지. 시간이 더 많아질 때까지. 할 만한 이야기가 생길 때까지.

언젠가는 완벽하게 모든 것이 맞아떨어지는 때가 올 거다. 하지만 그때의 나는 많이 달라져 있을 거다. 지금 할 수 있는 생각이 있고, 지금만 행동으로 옮길 수 있는 일이 있다는 것을 기억하자. 그러니까, 비싼 카메라가 찾아올 때까지 기다리지 말자. 당장 손 내밀면 잡히는 주머니 속의 아이폰으로 찍자.

무언가를 시작하는 데 있어 의지와 열정 외에 더 중요한 건 없다.

시험

시험에 모든 게 달렸다고 생각했던 때가 있다. 시험밖에
길이 없다고. 시험 말고는 나를 증명할 수 있는 길이 없다고
생각한 적이 있다. 열심히 공부했다. 매일 아침 6시에
일어나서 학교에 갔다. 9시간 동안 내리 수업을 받고, 점심
저녁을 학교에서 먹었다. 야간 자율학습을 했다. 저녁 열
시까지 학교에 있었다. 엄마는 꼬박꼬박 나를 데리러 왔다.
간식 도시락을 손에 들고 독서실에 갔다. 2시간 더 공부했다.
새벽 한 시가 되어서야 집에 왔다. 그걸 3년 동안 반복했다.
모두가 그랬다. 모두가 그러고 있었다.

시험은 마치 꽉 막힌 고속도로 같다. 모두가 같은 시간에
집에서 나와 모두가 비슷한 곳을 향한다. 또, 모두가 비슷한
시간에 퇴근해서 모두가 비슷한 도로에 오른다. 차례를
얌전히 기다리는 사람들로 도로는 꽉 막힌다. 빠져나가는
길이 가끔 나온다. 그러나 아무도 나가려는 차가 없다.

↑ 고속도로

← 국도　굽이
굽이
천천히

국도로 가면 느리다. 직선이었던 도로가 굽이굽이 멀리멀리 돌아간다. 제한 속도 50을 지킨다. 느린 속도로 가니, 거리의 풍경을 볼 수 있다. 고속도로와 다르게, 가끔 멈출 수도 있다. 가끔씩 멈춰서 허리를 펴는 호사를 누린다. 그렇다고 집에 갈 수 없는 게 아니다. 집에는 어쨌든 착실하게 도착한다. 길은 모두 이어져 있으니까.

그러니까 시험에 낙방했다는 건 실패가 아니다. 그저 국도로 빠져 나와 다른 길을 찾아 나설 수 있는 절호의 기회일 수도 있다.

빠르게 달리는 고속도로에서 내려와 국도로 천천히 달리는 삶. 남들 출퇴근할 때 좀 더 쉬고, 다들 각자 목적지를 찾아 들어갔을 때 텅 빈 도로를 누리는 삶. 비수기에 간 여행지에서 덜 기다리고 저렴하고 여유롭게 휴가를 즐기는 삶.

그냥 그렇게 살고 싶다는 것뿐.

완전하지 않은
완벽주의자

"완벽하려고 하지 말자!"

마치 청소년 힐링 토크쇼 같은 물렁물렁한 콘텐츠에서 들을 법한 말이다. 물러 터진 경쟁자들을 현재에 안주하게 해서 경쟁 구도에서 제하기에 아주 좋은 말이기도 하다.

완벽함을 지양하는 건, 두 가지 면에서 아주 좋다.

**1. 완벽한 결과물을 만드는 게 당연히 좋지만,
   완벽에 집착하다 보면 시작조차 하기 어려울 때가 있다.**

**2. 완벽하지 않다는 것은 때로 개성이기 때문이고
   개성은 경쟁에서 아주 좋은 무기이다.**

초심자일수록 경험이 필요하다. 성공과 실패가 많이 쌓일수록 경험이 쌓이고 실력이 쌓인다. 그런데, 완벽함을 지향하면 별로다. 완벽을 기하느라 들어가는 노력과 시간과 힘듦에 대한 두려움 때문에 시작조차 하기 어려워진다. 그래서 생각만 하다가 시작을 못 하는 문제에 봉착하는 것이다.

그렇기 때문에 우리는 완벽을 지양하는 동시에, 완성을 지향해야 한다. 결과가 나쁘든 말든 끝을 지어서, 그것을 하나의 지워지지 않는 교훈으로 삼아야 한다.

명품남

명품은 가장 손쉽게 일원이 될 수 있는 수단. 가방 하나로, 코트 한 벌로 세상에서 가장 배타적인 클럽, 부자의 세상에 입성할 수 있다. 그러나 많은 사람들이 명품을 거머쥐고 부자 클럽에 들어가는 대신, 기꺼이 평범한 무리 속에 남는다. 그래야 돋보일 수 있기 때문이다. 명품들 사이에 낀 명품은 군계일학이 아니라 군학일학일 뿐이다.

그래서 발렌시아가의 태도는 의뭉스럽다. 고고함을 뽐내지 않으면서 숨어있는 게 밉상이다. 겉으로 봤을 때는 로고도 없는 데다가 구멍 뚫리고 때 타고 색이 바랜 것이, 알고 보면 수백만 원인 게 얄밉다. 비싼 새 옷 주제에, 구멍 숭숭 뚫려도 애착이 생겨 못 버린 10년이 넘은 내 챔피언 후드를 흉내 낸다. 그것도 아주 잘.

그래서 발렌시아가가 명품인가 보다. 발렌시아가는 명품의 특징을 모두 갖춘 브랜드다. 사물을 꿰뚫는 관찰력, 또 관찰한 것을 한 번 비꼬는 재치와 어느 때도 놓치지 않는 디테일. 그 덕분에 발렌시아가는 모티프를 가져온 대상이 무엇이든, 그것이 될 수 있다. 발렌시아가를 입은 사람은 단숨에 그 누구든 될 수 있는 거고. 아마 발렌시아가를 사는 사람들은 그래서 발렌시아가를 사는 거겠지.

나도 그런 사람이 되고 싶다. 넘치는 관찰력과 표현력과 디테일로 무엇이든 될 수 있는 사람.

Supreme
Supreme
Supreme
Supreme
Supreme
Supreme
Supreme
Supreme

마라도 짜장면

별점 평균 9 이상을 받은 영화의 리뷰를 살펴본 뒤 돈이
아깝진 않겠다는 생각에 영화를 예매한다. 잘 모르는
동네에서 식사할 때면 'OO동 맛집'을 검색해 평균 4.5
이상의 식당 위주로 찾는다. 시간도 돈도 없는 나에게 이는
나름대로 효율적인 전략이었다.

하지만 무언가 허전하다. 진정으로 내가 재미있다고 느끼고
맛있다고 느낀 것인지, 아니면 이미 간접적으로 머릿속에
들어온 결괏값에 동화된 것인지 알 수 없었다.

결국 경험이다. 물론 경험하기 전 일말의 정보를 알고
시작하는 건 많은 도움이 되지만, 여기서 중요한 건 내가
몸으로 직접 경험해보고 겪어 보아야 한다는 것이다.
그것만이 나에게 제대로 된 흔적을 남긴다.

마라도 짜장면도 마찬가지다. 그 아무리 맛있다고 한들,
그곳에 내 두 발로 찾아가 직접 먹어보지 않으면 영영 알 수
없다.

생일

생일에 받는 카카오톡 선물이
마치 일 년간 나의 성적표처럼 느껴질 때가 있다.

"HAPPY BIRTHDAY TO ME."

안티프리즈

언젠가는 모든 게 사라진다. 나 같은 이름 없는 소시민의
인생도, 역사적 위인들의 이야기도. 내가 열정을 다해
쏟았던 사랑도, 내가 그렇게 미워했던 그 사람도. 내가
소중히 아꼈던 새로 산 아이폰도, 무너질 것 같지 않았던
롯데월드타워도. 언젠가는 먼지가 되어서 사라질 것이다.
그리고 아무도 기억하지 못하게 될 거다. 아니, 기억해줄
사람조차도 없어지겠지.

그렇다면 우리는 왜 사는 걸까. 왜 미워하고 사랑하는 걸까.
왜 상처 주고 치유하는 걸까. 왜 더 가지려고 하고 더
나누려고 하는 걸까.

한 가지 확실한 건, 죽음 뒤에는 어떤 것도 느끼지 못 할
거라는 것이다. 죽고 나서는 살아 있을 때의 경험을 곱씹으며
평생을 그저 존재해야 할는지도 모른다. 그러니 나는 최대한
선명하게 모든 것들을 느끼고 겪고 싶다.

우주 속을 홀로 떠돌다가 만난

이 알록달록한 삶을.

wonologue

원의독백

이문동
재개발지구

자꾸 까먹는 걸 까먹지 않기 위해서 비디오를 찍는다.
나는 잘 까먹는다. 과자도 잘 까먹고, 돈도 잘 까먹고, 그리고
이름도!

"OO전자와 함께 성장하고 싶습니다."

준비한 자기소개를 마칠 때 나는 뭔가가 이상하다는 것을
느꼈지만 바로 잡을 겨를은 없었다. 외워 온 자기소개를
실시간으로 편집할 만한 능력이 나에게는 없다. 면접관이
어이가 없는 듯 살짝 웃으면서 말했다.

"저희는 XX전자인데요."

기억력이 나빠서 을인 건지, 을이라서 기억할 게 많은 건지.
어느 쪽이 사실이건 받아들여야 했다. 나에게는 신경 써야 할
것이 많고, 해야 하는 것들이 많다. 증명해야 한다. 내가 쓸모
있는 사람이라는 걸. 그 엄격함과 절박함이, 아이러니하게도
나를 자격 없는 사람으로 만들 때가 있는 거다. 지원한
회사의 이름을 까먹는 지원자라니.

나는 항상 걱정하고 있다. 내가 하는 모든 행동이 나에게 어떻게든 돌아올 것이라고 믿는 탓일까? 내 태도, 내 입장, 내 표정, 내 말투, 그리고 내 입 냄새까지. 그래서인지 나는 페이스타임을 할 때, 자주 상대방의 화상을 보는 대신 귀퉁이에 조그맣게 떠 있는 내 얼굴을 본다. 누구보다도 엄격하게 점검하고 심사한다. 그 모든 걸 완벽하게 통제할 수 있는 똑똑한 머리였더라면, 적어도 누구랑 대화하고 있는지를 까먹지는 않았겠지.

반 년짜리 부끄러움이다. 자책감에 흠뻑 젖어 집에 돌아가는 길. 가진 것 중에서 가장 좋은 옷과 구두를 신었지만 나는 세상에서 가장 초라하고 부끄러운 사람이 되어서 내가 사는 동네의 허름한 골목을 지난다. 이문동은 재개발이 한창이다. 창문이 깨져있고 집기가 꺼내져 있다. 담벼락이 깨져 내부가 훤히 드러나 보인다.

모든 게 끝이 난 이곳에서, 나는 문득 나의 죽음도 미리 떠올려보았다. 정성 들여 꾸몄을 이 집을 이제는 아무도 찾지 않는 것처럼. 나를 아무도 기억하지 못할 거다. 내 태도, 내 표정, 내 말투, 내 입 냄새. 그 면접관은 지원한 회사의 이름을 까먹은 지원자의 이름을 잊어버릴 거다. 아마 이미 잊었을지도? 그리고 그는 본인의 삶에 집중하고 있을 거다. 가족들과 저녁 식사를 하고 있으려나.

그렇게 생각하니 다행이다. 내가 죽을 만큼 창피했던 일,
저주했던 나의 여드름들, 집에 돌아와서 눈치챈 이 사이의
고춧가루 역시, 잊혔다. 그러니 죽음이 있다는 건 참
다행이고, 어느 순간 잊힌다는 건 대단한 축복이다.

나는 앞으로도 사람들에게 잘 보이려고 노력할 거다.
먹고 살기 위해서는 어쩔 수 없는 거다. 그 과정에서 많은
것을 기억하려고 애쓰고, 또 많은 것을 잊어버리게 되겠지.

그러나 단 한 가지, 자꾸 까먹는 걸 까먹지 않고 싶다.
모든 게 언젠가 사라진다는 사실을. 우리는 다 죽는다는
사실을.
우리가 세상의 중심이며 우주가 우리 때문에 존재한다는
생각은 한심하다고 했던 칼 세이건의 말을. 그러니까 아끼지
말고 살겠노라, 하고 결심했던 오늘의 결심을.

까먹지 않기 위해서
오늘도 비디오를 찍는다.

you f**kin b**ch

첫 악플을 기억한다. 아니, 기억하는 정도가 아니고 매일
생각한다. "못생겼는데, 영어로 말하면 더 잘생겨 보이는 줄
아나?" 이 내용에는 사실이 단 한 줄도 들어있지 않다.
1. 나는 못생기지 않았고, 2. 영어로 말하면 더 멋있다고
생각하지도 않는다.

격렬히 만나고 싶다고 생각한다. 하루 종일 나는 그 악플과
악플을 단 사람에 대해서 생각한다. 그는 지금 어디에
있는지, 뭘 하고 있을지, 그도 지금 내 생각을 하고 있을지,
어떻게 하면 그와 마주칠 수 있을지. 그런 것들을 상상하며
하루를 보냈다. 마치 짝사랑을 하는 소년 같은 마음으로.

증오와 짝사랑은 매우 닮았다. 그 주인공은 아무것도
모른다는 것과 시작하는 순간부터 나는 매우 힘들어진다는
것까지. 그래도 이왕이면 그 생각이 예뻤으면 한다. 그런
생각을 하는 내가 귀엽거나 사랑스러웠으면 한다.

사실 나는 예쁘고 귀엽고 사랑스럽다. 그러니까 이제
짝사랑은 그만. 나를 사랑해주는 사람을 찾아 나설 것이다.
얼굴도 모르는 당신을 이제 놓아주겠다.

당신을 위해 작곡한 짝사랑의 세레나데를
마지막으로, 안녕.

it is my birthday

까시에로 델 디아블로 한 병을 골라서 계산대로 향한다. 편의점 점원이 바코드를 삑 찍었다. 긴장되는 순간! 카드를 긁자, 잠시 후 기계에서 음성이 흘러나온다. "영수증 필요하세요?" 결제가 되었다! "잠시만요." 내친김에 치즈도 한번 도전해 보기로 한다. 얼른 진열대로 향한다.

"다른 카드는 없으세요?" 이번에는 좌절. 다행히 그러나 간신히, 와인을 살 만큼 통장 잔액이 남아있었던 거다. 못내 아쉬운 마음에 망설이다가 핸드폰 소액 결제로 치즈를 사기로 한다.

저녁밥은 2,500원짜리 탄수화물 폭탄 학식 식단으로 때울지언정, 혼자 마실 와인에 2만 원을 기꺼이 지출한 이유는 오늘이 내 생일이기 때문이다. 나는 매해 생일에 와인을 한 병 사서 혼자 마신다. 성인이 되고 나서부터 한 번도 거르지 않았던 그 전통을 올해도 이었다.

별 이유는 없다. 영화 주인공들을 따라 하고 싶었나 보다. 나는 그런 걸 참 좋아한다. <프렌즈> 주인공들은 뭔가를 기념할 때 와인잔을 기울였다. 어른이 되면 나도 그렇게 하고 싶다고 생각했다. 처음 맛본 위스키에서 매실차 맛이 나지 않아서 몹시 놀랐던 것처럼, 처음 마신 와인에서는 포도 주스 맛이 나지 않아서 당황했던 기억이 난다. 그렇게 7년, 해마다 그 미숙한 전통을 이어오고 있다.

지금 와인 맛을 더 잘 알게 된 건 아니지만(나는 사실 아직도 포도 주스를 더 좋아한다), 그러나 왜들 그리 사치에 맛을 들이는지는 점점 알 것 같다. 사치는 낭만이다. 생존에는 전혀 상관없는 것에 비싼 돈과 시간을 들이며, 스쳐 지나가는 것들에 의미를 부여하는 거다. 내가 일 년 중 다른 날과 다르지 않은 날을, 생일이라는 이유로 와인 칠을 하는 것처럼.

와인잔을 손에 드는 순간, 나의 삶은 <프렌즈>의 한 장면이 된다. 나는 치열하게 살면서 내가 원하는 일을 찾아 헤매는 대도시의 젊은이다. 그리고 언젠가는 일과 사랑이 운명처럼

나를 발견하기도 한다. 그리고 나는 확신한다. <프렌즈>
주인공들이 각자 사랑하는 사람을 찾은 것처럼, 나도 언젠가
내가 사랑하고 나를 사랑하는 일과 사람을 찾을 거라고. 나는
지금 그 과정을 착실히 그리고 극적으로 걷고 있는 거다.
허름한 지금 이 순간이 너무 소중하다.

알바비가 언제 들어올지 전전긍긍하고, 알바 때문에 학교
수업을 빠지고, 핸드폰 소액 결제로 식비를 충당하는 신세.
그러나 내가 출연하는 드라마에서 이건 없어서는 안 될
순간이 될 거다. 클라이막스를 더 극적으로 표현되도록
돕는 가련한 주인공의 화려한 역경이 될 거다. 그 순간이
전 재산을 털어서 산 와인으로 촉촉히 적셔지고 있다.
"아, 얼마나 가련하고 기특한가. 그는 그의 인생에 곧 다가올
부귀영화를 눈치조차 채지 못한 채 궁상을 떨어 재꼈다."
머릿속에서는 제멋대로 나레이션이 흘러나오고 있었다.

나는 오늘 와인에 취한 것이 아니라, 나에게 취했다.
크, 인생에 건배.

track 8

나는 집중을 정말 못한다. 대화를 하다가도 자꾸 딴생각을
한다. 슬픈 사실은 이렇게 딴생각을 하면서 현실을 잘 못
즐긴다는 거다. 나는 격렬한 감정의 소용돌이 속에서도 그
감정에 충실하지 못한다. 매우 감동적인 선물을 받았을
때 무척 감동한 그 와중에도 '내가 여기서 눈물을 흘리면
우리 모두가 더 감동적일 텐데.' 하고 생각한다. 그리고
실제로 눈물을 더 많이 흘리려고 노력하게 되는데, 그렇게
노력을 시작하는 순간 나는 몰입할 수 없게 된다. 이건
말로 설명하기 어려운 정말 이상한 기분인데, 마치 내가
주인공이던 무대에서 갑자기 빠져나와 이 상황을 객관적으로
평가하고 지시하는 디렉터가 된 것 같은 느낌이랄까.
스스로에게 낭만을 강요하는 괴물이랄까.

아무튼 나는 집중력이 약하다. 그런 내가 가끔씩 몰입하는
때가 있다. 혼자 노래하는 순간이다. 특히 기타를 함께
연주하면서 노래를 부를 때면 나와 노래만 세상에 남은 것
같은 묘한 기분을 느낀다. 혼자서 노래를 부를 때면 밥도 안
먹고 몇 시간이고 노래를 부를 수 있다. 좋은 다이어트 방법이
될 수도 있었겠으나, 그렇게 몰입할 기회는 흔치 않다.
특히나 빈 공간 없는 도시의 삶에서는 더더욱.

100 subscribers

100명의 관심을 끄는 게 이렇게 어려운 일일 줄은 몰랐다. 인터넷에서 100이라는 숫자는 정말 아무것도 아닌 것 같으니까. 소셜 미디어에서는 100의 자리, 1,000의 자리 숫자는 절삭한다. 팔로워가 만 명을 넘어가면 그때부터는 10K, 몇백 명쯤은 세주지도 않는다. 그래서 나도 착각에 빠져버렸던 것 같다.

100명쯤은 아무것도 아니라고 생각했나 보다.

거리에 나가본다. 새삼 100이라는 숫자의 무게감을 느낀다. 보통 사이즈의 극장을 가득 채울 수 있고, 시내버스 두 대를 가득 채울 수 있는 숫자다. 게다가 100명의 사람은 숫자 100 그 이상의 가치를 가진다.

시인 정현종의 말처럼, 사람이 오는 것은 실은 어마어마한 일이기 때문이다. 그의 과거와 현재와 미래와 함께, 그의 일생이 오기 때문이다.

나의 채널에 온 귀한 사람들이 댓글을 남긴다. 몇 줄씩이나 길게 꾹꾹 눌러 쓰고 간다. 그게 얼마나 대단한 일인지를 이제는 안다. 나와는 일면식도 없는 사람들.

그러나 나의 이야기를 들어주고 웃어주고 울어주는 사려 깊은 사람들이다. 마치 담벼락에 핀 작고 예쁜 풀의 사진을 찍어서 카톡방에 공유하는, 작은 것들의 소중함을 아는 그런 부류의 사람들이다.

나는 오늘부터 구독자 수를 비공개하기로 한다.
우리가 비록 인터넷에서 만났지만,
누구보다도 진한 일대일 관계로 발전하기를 바라면서.

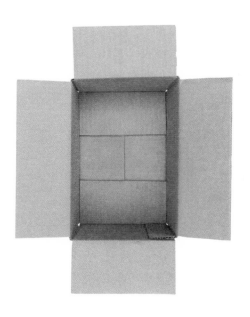

여백의 미

다다익선이라고들 한다. 그럼에도 의식적으로 비워야
한다고 생각하는 이유는, 연비 주행에 있어 가장 중요한
방법 중 하나가 적재량을 줄이는 것이기 때문이다. 즉 신경
쓸 것을 줄여서, 진짜 중요한 것에 힘과 정신을 쏟는 것이다.
특히나 나에게 있어 목표는 나를 브랜딩하는 것이기 때문에
비워내는 작업은 더욱 중요했다.

아무것도 모르고 취직할 때의 나는 맥시멀리스트였다.
내가 알고 있는 것, 내가 할 줄 아는 것, 또는 그렇다고 믿고
있는 것들을 최대한 부풀려서, 거대하고 능력 좋은 사람인
양 포장하는 것이 자기소개서에서의 주된 미션이었다.
지금에서야 깨닫는 거지만, 그렇게 부풀린 모습이 좋게 보일
리 없었다.

사회 초년생으로서, 모든 부분에서 부족한 것은 금세 탄로
나기 마련이니까.

'원의독백'을 작업할 때 가장 중요하게 생각한 것은, "자신 없는 것에 시간을 너무 쏟지 말자!"였다. 제일 먼저 덜어낸 것은, 외모에 대한 부담감이었다. 온라인에 나를 전시하는 것이기 때문에 매 에피소드를 촬영할 때마다 외모에 신경이 쓰이지 않을 수 없었고, 분명 뚱뚱한 나의 몸이나 결여된 패션 센스를 지적할 사람이 많을 것이라 생각했다. 하지만 매번 멋진 옷을 갖춰 입으려니, 결코 쉬운 게 아니었다.

그래서 내려놓기로 결심하고, 매번 같은 티셔츠를 입었다. 이상한 형광색의 티셔츠였는데, 아마 결코 예쁘고 매력적인 모습은 아니었을 것이다.

그래도, 매번 같은 옷을 입으니, 신경 쓸 것이 줄었다. 앞뒤 장면의 연결을 신경 쓰지 않아도 된다거나 하는 것들 덕분에 어느 정도의 시간을 벌 수 있었고, 대신 다른 것들에 집중할 수 있었다. 바로 '메시지'다.

유튜브 소비자 입장에서도 쓸모없는 정보가 없으니 오히려
눈에 띄었을 것이다. 구구절절 자극적인 워딩으로 가득
찬 제목들, 화려한 타이포그래피로 한번 눈에 띄어보려는
수많은 비디오의 썸네일들. 그 가운데에 담백한 사진 한 장,
그리고 항상 입는 연두색 티셔츠, 뚱뚱한 남자….

소비자 입장에서는 몇 번은 그냥 지나쳐도 반복해서
노출되면 기억되기 마련이다. 기억되면, 심리적인 거부감을
낮추게 될 테고, 그럼 한 번쯤은 클릭하게 될 수도 있지
않을까.

1. 처음 노출됐을 때: 별생각 없이 지나침.
2. 두세 번 노출됐을 때: 이 사람, 누군데 계속 뜨지?
3. 다섯 번째 노출: 눌러나 볼까?

빈 공간이 있어야 채울 수 있다. 창작하는 입장에서는 매번
새로운 것을 시도할 수 없으며, 너무 많은 것으로 가득 차
있으면, 소비하는 입장에서도 주체적인 상상을 할 수 없다.
결국 이러한 악순환은 소비자에게 지루함을 선사할 뿐이다.

서류 탈락에 관하여

나는 당근마켓이 무섭다. 상대의 능숙한 말 한마디와 불편한 침묵 몇 초로 가격이 오르락내리락하는 감정의 롤러코스터! 말을 잘 못하는 데다가 설득도 금방 당하는 나는, 물건을 팔러 나왔다가 죄인이 된 듯한 기분이 된다. 그리고 원래 받으려던 가격보다 깎인 돈을 받아든다. 당시에는 충분히 납득했다. 그러고는 집에 오는 길에야 억울한 감정이 밀려들었다. 좀 더 받을 걸 하고.

2020년 봄, 나는 마치 당근마켓에 올릴 중고 물건의 관한 부연 설명을 쓰듯이 흠은 최대한 부각하지 않고, 장점은 최대한 부풀려서 이력서를 작성하고 있었다. 학점 2.97. 그 아래 자기소개서 첫 줄에는 "성실합니다."라고 썼다. 이렇게라도 하지 않으면 절대로 면접관을 만날 수 없으니까. 만나기라도 해야 어떻게든 해볼 수 있을 테니까. 그 아래에는 이어서 "정직합니다."라고 썼다.

아주 가끔 서류 심사를 통과하기도 한다. 어렵게 따낸 면접 날 전날에는 부모님께 돈을 빌려 설레는 마음으로 이태원의 큰 옷 전문점에서 블레이저를 산다. 몇 번 겪어 보지도 못한 면접장의 모습을 시뮬레이션하느라 잠은 거의 자지도 못한다. 나름의 시나리오와 나름의 대본을 달달 외워서 간신히 잠든다.

면접장에 갔다. 당연하게도 시나리오대로 되지 않는다. 내가 모르는 것들에 대해 질문을 받는다. 면접관은 내 얼굴은 보지도 않고 질문한다. 이력서를 넘기며 무심하게 묻는다. 이때는 공백이 있네요? 이때는 쉬었네요? 이때는 뭘 했나요? 알바를 1년 동안 했습니다. 그리고… 아, 됐습니다. 면접관은 내 경력에 흠이 있다는 사실만을 가볍지만 아프게 짚고 넘어간다. 추가 질문은 없다. 변명의 기회도 없었다.

아쉽네. 어쩌다가 그 흠이 생겼는지가 나름 색다른 이야긴데. 나는 공백이 생긴 그때 서울역 롯데아울렛 크록스에서 알바를 했다. 땡볕의 야외 가판대에서 크록스를 팔았다. 그때 생긴 반팔 반바지 자국이 아직 선명하게 남아있다. 어느 날은 비가 장대비로 내렸는데, 햇빛을 가린다고 쳐놓은 차양 막에 물이 고였는가 보다. 일순간 차양 막이 기울어지면서 캐리비안 베이의 해골처럼 물을 쏟아냈다. 그 아래 서 있던 나와 크록스를 구경하던 손님들이 흠뻑 젖었다. 그날은 크록스가 불티나게 팔렸다.

그렇게 번 돈으로 첫 카메라를 샀다. 알바를 하고 그 비싼 카메라를 산 건 내가 처음으로 한 '선택'이었다. 군대도, 대학도, 고등학교도, 중학교도, 초등학교도, 태어난 것도 무엇하나 내가 한 선택은 없었는데. 공부 솜씨, 글솜씨, 춤 솜씨 없는 내가 유일하게 재미를 느꼈던 건 셔터 누르는 일이었다. 셔터 누르는 건 아무나 할 수 있는 일이지만, 나처럼 누르는 건 아무도 못 하는 일이었다. 그 여름에 나는 발견한 거다. 내가 좋아하는 일을. 누군가에게는 그저 경력에 있어서 흠 그 이상도 이하도 아닐 뿐이었는지는 모르겠지만.

또 탈락이다. 이제 나는 그 카메라를 팔려고 당근마켓 게시판에 글을 작성하고 있다. 내가 제때 취업을 했더라면 너와 이별할 필요가 없었을 텐데. 미안해, 소니알파세븐쓰리야, 미안해. 널 떨어뜨렸던 종로의 아스팔트 바닥, 동해 바다의 모래사장. 딱딱하고 거친 것들과 마찰한 자국들 덕분에 눈 감고도 네가 내 것인 줄 알았어. 내 사랑. 언젠가 내가 돈을 벌게 되면 널 다시 사오리다. 같은 모델의 새 카메라가 아닌, 나와의 추억과 흠집이 가득한 너를.

이윽고 연락이 온다. 어머, 너무 싸게 올렸나. 거래 장소로 어떤 아저씨가 나왔다. 면접관이랑 무척이나 닮은 그 아저씨는, 닮은 정도가 아니라 그 사람인가 싶을 정도다. 깐깐한 얼굴로 카메라를 뜯어보더니, 여기저기 흠을 지적한다. "여기 흠이 있네요." "여기 흔적이 있네요." 그러고는 가격을 깎는다.

"안 팔게요." 내가 사랑하는 그 흠 가득한 카메라를, 나는 싸게 팔 수 없었다. 그건 내 인생이고, 내 이야기였으니까. 황당해 보이는 아저씨를 뒤로하고 카메라를 챙겨 자리를 뜬다.

그리고 이제 더 이상 평가받지 않겠다고 결심한다. 카메라를 팔지 않겠다고. 나를 팔지 않겠다고.

독립에 관하여

전입 신고를 했다. 주민센터 직원에게 가벼운 꾸지람을 듣는다. 이렇게 전입 신고를 늦게 하면 안 된다는 것을 몰랐던 거다. 그리고 새삼 깨닫는다. 이제는 전입 신고든 뭐든 내가 직접 해야 한다는 것. 그리고 내가 직접 손 쓰지 않으면 아무것도 변하지 않는다는 것.

주민등록등본을 발급받았다. A4용지에 이제 내 이름만 있다. 그리 크지 않은 종이가 운동장처럼 넓어 보인다. 길게 남은 여백이 참 어색하다. 왜냐면 나는 평생 소속감 아래 있었기 때문이다. 나를 소개할 때면 항상 나의 소속이 나오고, 이름이 뒤따랐다.

안녕! 하세요! 정암초등학교 1학년 2반 임승원입니다.
광주월계중학교 2학년 11반 임승원입니다.

광주진흥고등학교 3학년 1반 39번 임승원입니다.
국군정보사령부 본부중대 2소대 병장 임승원입니다.
한국외국어대학교 경영학전공 13학번 임승원입니다.

장흥 임 씨 임형렬, 박순옥 씨 아들 임승원입니다.

"안녕하세요, 임승원입니다." 하고 되뇌어 본다. 벌거벗은
듯한 감각이 달갑지 않다. 어디에라도 숨어야 할 것 같다.
내 이름만으로는 나를 충분히 설명하지 못하니까. 내 이름은
너무 짧아서 나의 역사, 나의 지식, 나의 사랑, 나의 일, 나의
모든 것이 담기지 못한다.

언젠가는,
"임승원입니다."로
많은 것이 설명되기를 바란다.

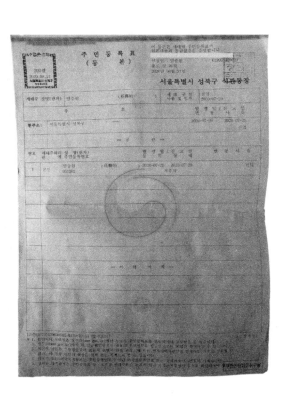

프리랜서

길어지는 취업 준비 시기를 버티지 못하고 포기했다.
그리고 본격적으로 프리랜서 비디오그래퍼의 길을 걷기
시작했는데, 꽤나 만족하고 있다. 프리랜서가 되니까 좋았다.
자유롭고, 돈도 벌리고. 잘 쓰지도 못하는 글로 계속 나를
증명할 필요도 없고.

그래, 그게 가장 좋았다. 글로 자꾸만 나를 증명하지 않아도
되는 것. 취업 준비할 때는 써본 적도 없는 미사여구를
고르느라 하루를 다 보냈었지. 현대, 삼성, LG의 입맛에 각각
맞춘 친절한 자기소개서를 써 내렸었지. 그러나 프리랜서는
그렇게 하지 않아도 된다. 그저 나는 이런 사람이고, 이런
결과물을 만들 줄 압니다. 당당하게 내가 나로 존재하면
그만이다. 그러면 클라이언트들이 와서 알아서 결정하고
의뢰한다.

이제 나는 그들을 속이지 않아도 된다. 나를 속이지 않아도
된다. 내가 나로 존재하면서 월세를 내고 치킨을 사 먹는다는
건 아주 행복한 일이다. 보람차고 행복하다. 이렇게 적당한
주기로 일이 끊기지 않기를 바란다.

그게 지금 내가 바라는 유일한 일이다.

자전거에 관하여

자전거 타는 건 재밌다. 힘을 적게 들이고도 빠른 속도를 낼 수 있다. 너무 느리게 흐르는 것 같은 내 인생에서 유일하게 빠른 속도감을 느낄 수 있는 소중한 기회다. 심지어 저렴하다! 따릉이 한 달 이용권은 5,000원이다. 반년 이용권과 1년 이용권은 하루로 따지면 훨씬 더 싸다. 그렇지만 15,000원이다. 망설이다가 한 달 권으로 구매하기로 한다. 만 원을 아껴서 두 끼는 먹을 수 있다. 오후 8시, 석관동에서 출발해서 석계역 옆길로 내려가면 중랑천변 자전거 길이 나온다.

노래를 들으며 자전거 페달을 밟는다. 엄선한 플레이리스트가 담긴 아이폰을 블루투스 스피커와 연결한다. 헤드폰이 아니라 스피커를 선호하는 이유는, 내가 이런 고상한 취향을 가진 사람이라는 걸 널리 알리고 싶은 얄팍한 스노비즘 때문이다. Tom Misch의 <Movie>가 흐르고, 바쁜 일상 가운데 도시의 자연을 즐기는 서울 사람 같다. 왕가위가 서울 사람이었더라면 만들었을 법한 영화에 나오는 나를 상상한다. 촉촉한 감성에 젖어 천천히 달리는 내 옆으로 형광 타이즈를 입은 라이더가 성능 좋아 보이는 얇은 자전거를 타고 쌩 하고 지나간다. 엄청난 속도다. 깜짝 놀라 비틀거린다. 불공평하다고 생각한다.

동아리 활동을 함께하던 후배가 좋은 회사에 취직했다는 소문이 들려왔을 때, 나는 생각했다. 불공평하다고. 한남동 부모님 자가에서 살면서 용돈도 받는 그 애가 너무 잘 되는 게 미웠고 화가 났다. 나도 그 정도 환경이면 그렇게 착할 텐데. 더 잘할 텐데. 더 잘 달릴 텐데. 똑같은 자전거라면 내가 더 빠를 텐데.

심장이 쿵쿵 뛰기 시작했다. 그것은 가열한 페달질로부터 비롯된 것이 아닌, 패배와 질투와 분노 때문이었다. 로맨틱한 영화 같았던 한강변의 라이딩 코스는 어느새 똥물 같은 한강물로 추하게 범람했다. 나를 매몰차게 추월했던 그가 남긴 띠꺼운 감정으로부터 시작해 그가 가진 것, 그의 장비, 그의 미래, 그리고 그로부터 비롯된 그와 나의 격차에 대한 생각으로 번져가고 있었다. 그렇게 한 시간 정도 달려 반포 한강 공원에 도착한다.

반지스(반포 한강 공원의 GS25 편의점)에서 익숙한 사람을 발견한다. 현란한 타이즈를 입고 쉬고 있는 그 사람을 발견하고는 다시 심장이 쿵쿵 뛴다. 넘어질 뻔했다고 한마디 할까? 너무 빨리 달리지 말라고 충고할까? 아니면 저 사람이 출발했을 때 내가 더 빨리 달려서 추월할까? 추월당하는 기분을 느끼게 해줘서 복수할까? 너 같은 거 내가 따릉이로도 잡아, 하는 사실을 일깨워줄까?

내가 떠올릴 수 있는 가장 통쾌한 결말을 상상한다.

많은 생각이 오가는 중에, 그가 자전거를 이끌고 한강
공원을 빠져나가기 시작한다. 여기가 그의 종착지였나 보다.
그러나 나는 석관동까지 돌아가야 한다. 멋쩍은 기분과 함께
돌아선다.

경쟁이라 하기에 나는 모르는 게 많다. 나는 그의 출발
지점을 모른다. 또 그의 정착지도 모른다. 그의 역량을
모른다.
그의 노력도 모르고, 그의 고통도 모른다. 그래서 이 자전거
도로 위에서는 경쟁이 성립할 수 없다는 걸 안다. 그리고
결정적으로, 그 역시 나를 모른다.

다시 집으로 돌아가기 전에 따릉이를 한 번 반납한다.
그리고 즉시 다시 빌린다. 그렇게 하면 한 시간 이용 제한을
우회할 수 있다. 그리고 왔던 길을 돌아간다. 추한 나의
질투가, 좁은 마음 씀씀이가, 그리고 비교되는 따릉이가 다시
집으로 돌아가는 길을 길게 늘어뜨리고 있었다.

너무 힘들어서 왕십리 인근에서 택시를 탔다.

좋아하는 것을
직업으로 삼으면

"좋아하는 것을 해!"라고 너무 많이 들어왔다. 너무 무책임한
거 아닌가? 무조건 좋아하는 걸 하라니. 내 인생을 책임져 줄
건가?

BUT, 우리는 좋아하는 것을 해야 한다. 그 이유는 단 한 가지,
효율이 좋기 때문이다.

어떤 일을 지속하는 데에는 여러 가지 동기가 있다. 그중에
가장 강력한 동기 중 하나는 아무래도 돈일 것이다. 노력에
대한 보상 말이다.

우리가 돈을 벌기 위해서 하는 많은 일들을 생각해보자! 정말
대단하다. 그러나 돈 때문에 일을 하는 건 때로 지치기도 한다.
즐겁지 않은 일을 하면서 꾸역꾸역 오르는 출근길의 전철만큼
고통스러운 건 없으니까. 금방 끝날 일에 하루 종일을
낭비하게 될 때도 있다.

나는 비디오 만드는 걸 좋아한다. 정말 정말 재밌다! 더운 날에도 무거운 카메라 가방을 들고 나갈 수 있고, 땀이 비 오듯 오는데도 완벽한 한 장면을 찍기 위해 수십 번을 시도하기도 한다. 잠이 많은 나를 새벽 다섯 시가 넘어가도록 컴퓨터 앞에 앉아있게 하기도 하고, 돈을 벌지 못해도 나를 행복하게 하는 유일한 일이다. 육체적으로 정신적으로 고된 일임에도 몇 년째 지속하는 가장 큰 이유이기도 하다.

좋아해야 꾸준할 수 있다. 계속 반복해야 성장할 수 있다. 성장해야 결실을 볼 수 있다. 그래서 이루고 싶은 무언가가 있다면, 그 무언가에 푹 빠져 좋아하도록 노력하는 게 제일 먼저인 것 같다.

좋아해야,
재미있게
오래
일할 수 있으니까.

돈 벌자, 파이팅!

회사에서 내가 하는 일들은 다 처음 해보는 일들이다.
기획하고, 기획서를 작성하고, 간단한 대본을 쓰고, 촬영
계획표를 작성하고, 출연자와 일정을 조정하고, 스튜디오를
예약하고, 장소를 섭외하고, 장비를 세팅하고, 출연자에게
디렉션을 주고, 카메라 녹화 버튼을 누르고, 카메라 뒤에서
콘텐츠를 진행하고, 카메라를 철수하고, 출연자를 챙겨서
집에 보내고, 빌렸던 장비들을 반납하고, 쏘카를 반납하고,
그리고 사무실로 돌아와서 찍었던 촬영 내용을 백업하고,
몇 시간이나 되는 분량을 일일이 보면서 가편집을 하고,
완성시키고….

엊그제는 실수를 했다. 공들여서 야외 촬영을 했는데, 소리가
하나도 안 들어간 거다. 정신이 아득해지는 걸 느낀다.
그런 일이 생길 때마다 도망가고 싶다고 생각한다. 모든 게
실수였던 게 아닐까. 여기서 일하겠다고 한 게. 전공자도
아닌데 돈을 받는 게. 자신감 넘치는 프로페셔널인 척한 게.

비난받을 수도 있지만, 그럴 때마다 근거 없이 뻔뻔해질
필요가 있는 것이다. 실수가 있을 때마다 꺾이면 오래
지속하지 못한다. 오래 지속하지 못하고 포기하면 그것
나름대로 고용주에게 큰 피해가 아닐까?

결국 도망가지 않고 뻔뻔하게 버티기로 한다.

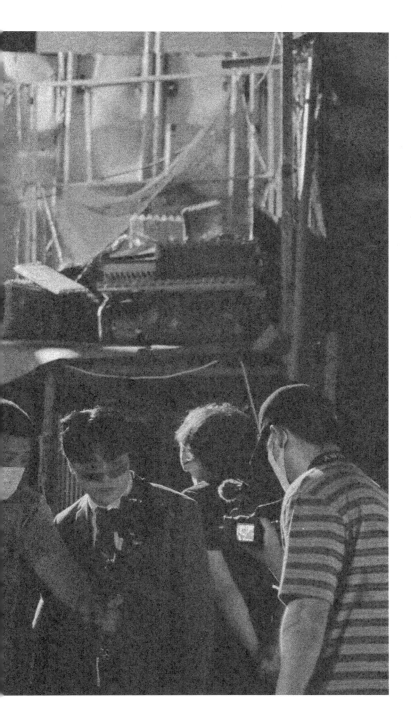

트래비스 스캇

옷과 신발에 관심 없는 나는 신발 하나에 180만 원이나 한다는 걸 듣고 까무러칠 뻔했다. 7만 원짜리 똑같은 신발만 일곱 켤레째 신는 나는 그것이 정말 말도 안 되는 일이라 생각했다. 천과 바느질과 플라스틱과 고무로 만든 똑같은 신발. 그러나 새로운 색상, 연예인 프리미엄.

기꺼이 180만 원을 내겠다는 사람이 많다는 것도 알았다. 이상한 사람들. 먹고 살기도 힘든데 고작 신발 따위에 180만 원을 쓰려고 줄을 서다니. 모든 걸 이해한 건 아니지만, 그들은 그 신발에 그 가수에 그 문화에 정말로 푹 빠져있는 것처럼 보였다. 그들은 먹고사는 삶에 대한 문제보다도, 그 신발 한 켤레에 더 큰 가치를 두고 있다.

분명히 내 통장에도 180만 원이 있었던 적이 있을 것이다. 그걸로 뭘 하지, 뭘 사지 고민하다가 180만 원은 음식이 되었고 똥이 되었고 월세가 되었고 시간이 되어 사라졌을 거다. 결국 사라질 것을 손에 쥐고, 영원할 줄 착각하고, 나중을 기약하고, 또 반복하고, 나이 들어가고, 결국 후회하고.

다시 내게 180만 원이 주어진다면, 어디에 쓸까를
생각해본다. 분명한 건, 그 신발은 아닐 거라는 거다.
내가 돈을 쓰고 싶은 곳을 들으면, 누구는 코웃음 칠지도
모르겠다. 우리는 모두 정말 다른 곳을 바라보고 살고
있구나, 하고 생각했다. 모두가 각자 다른 가치를 향해
투자한다. 몸과 시간과 돈을 던진다. 그리고 각자 다른
모양의 행복을 거머쥐는 거다. 거기에는 정답이 없다.

아무튼 그들을 동경한다. 그것에서 신발 그 이상의 가치를
보는 사람들의 눈을 갖고 싶다. 그것이 어떤 대단한 투자가
되어서 차익을 올리는 사업이 되지 않더라도. 그저 낡은
신발이 되어서 최후에는 버려지게 되더라도. 행복을 위해서,
나만의 가치를 위해서, 180만 원의 신발을 기꺼이 사는
그 사람들. 인생을 사는 그 사람들. 그들의 열정과 사랑을
동경한다.

좋아하는 걸 좋아하는 게
갖고 싶은 걸 사는 게
살고 싶은 삶을 사는 게
나는 아직 무서운 것 같다.

유튜브 촬영 현장

원의독백은 텅 빈 우주로 보내는
시그널이었던 거야.

이 우주에 나 같은 사람은
나만 있는 줄 알았는데….

결국 비슷한 사람들이 만나서
애정을 나눌 수 있게 되었어.

원의독백은
마치 코리아타운 같아.

짱이 되는 법

살다 보면 그러기 싫어도 나를 다른 사람과 비교하게 된다.
나는 먼저 취직한 친구들이 너무 부러웠다. 갖고 싶었던
게임기를 사도 무리 없어 보이는 그 모습이. 쉬는 날이면
손쉽게 가고 싶은 곳을 가고, 하고 싶은 일을 하는 그 모습이.
오랜만에 만났을 때, 비싼 밥을 사는 그 모습이 말이다.

그러다 문득 찬찬히 생각했다. 다른 사람들에게 질투를
느끼는 건 참 말도 안 되는 이야기라는 걸. 손쉽게 보이는
표면적인 것만으로 누군가를 판단하고 해석하는 건,
정말이지 말도 안 되는 이야기다. 더욱이 우리는 모두
다르다. 같은 조건에서, 같은 삶을 살아가지 않는다. 조건
자체가 성립하지 않는 거다.

그리고 다시금 배운다. 결국 똑같지 않고 다르기 때문에
더 기회가 있을 수 있음을. 나만의 다름, 즉 뾰족한 것이
사람들의 단단한 마음도 뚫을 수 있을 것이라는 걸.

그렇기 때문에 그 누구도 애초에 나와 비교 대상이 될 수
없다. 내가 뛰고 있는 이 경기는, 내가 1등이다.

날 보러 와요

구독자 만 명을 기념해서 오프라인 이벤트를 열었습니다.
찾아와주신 모든 분들께 진심으로 감사드립니다. 또 이렇게
팔자에도 없는 기회를 만들어주신 무신사 스튜디오와 우리
동석 실장님, 희선 누나, 채원 누나, 보라 님과 종학 님께
진심으로 감사드립니다.

우리 또 만나요.
여기에서, 기다릴게요.

안녕

무키무키만만수의
<2008년 석관동>이라는 노래를 들으며,
너무도 즐거웠던 석관동을 떠난다!

언젠가는 꼭 다시 오고 싶은 곳, 석관동.
안녕.

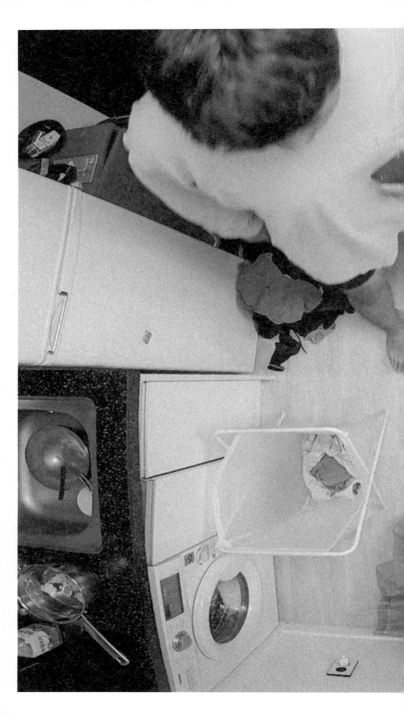

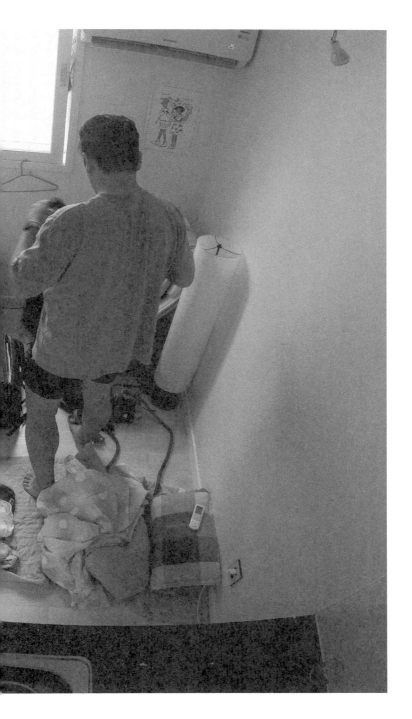

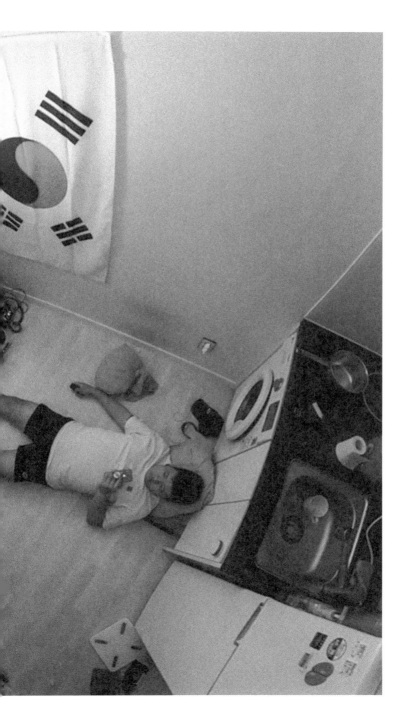

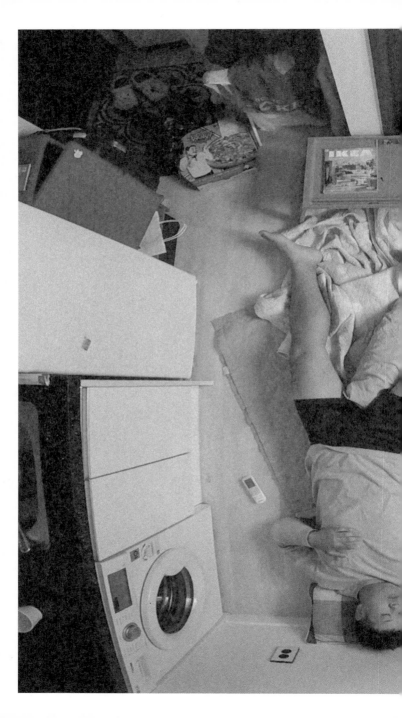

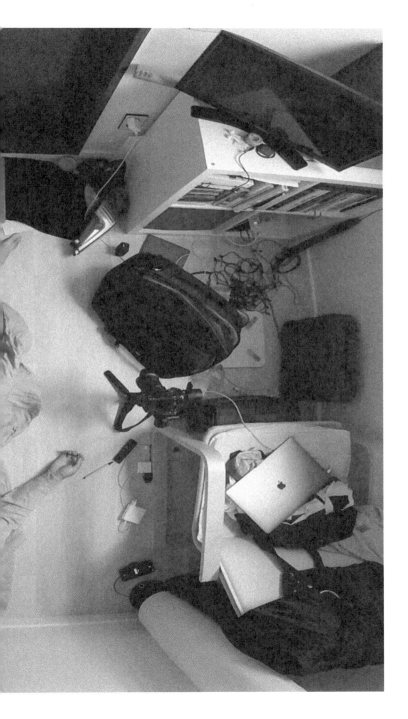

출발선

유튜브는 인터넷 세상이기 때문에 흔히들 넓은 타깃을 목표로 해야 할 것이라 생각하지만, '원의독백'을 꾸려나가는 건, 마치 오프라인의 조용한 동네에 작은 카페를 운영하는 것과 비슷하다.

동네	장르와 주제
· 어떤 사람들이 모이는가?	· 어떤 사람들이 모이는가?
· 사람들이 얼마나 모이는가?	· 사람들이 얼마나 모이는가?
· 월세는 얼마인가?	· 유지비는 얼마인가?

어떤 장르와 주제로 운영하는가는 마치 어떤 동네로 진출할 것인지를 결정하는 것과 같다. 동네에 따라서 모이는 사람들의 연령대, 성별, 국적 등 데모그래픽이 다르고, 즐기는 서브컬쳐, 취향도 다르고, 또 얼마나 붐비는지도 다르고, 그에 따라서 월세도 달라진다.

유튜브도 비슷하게, 장르와 주제에 따라서 모이는 사람들의 데모그래픽도 다르고, 취향도 다르고, 얼마나 사람들이 많이 모이는지도 다르고, 그에 따라서 공급자들의 경쟁 양상도 달라진다. 또한 들어가는 비용 역시 달라진다.

우리는 돈과 시간이 없는 영세한 자영업자로서, 어떤 장르와 주제로 진출할지를 고민해야 한다. 강남역 11번 출구에

위치 - 강남역	장르 - 코미디
사람들이 많이 모임	사람들이 많이 모임
연령, 성별, 국적 불문 다양한 사람들이 모임	연령, 성별, 국적 불문 다양한 사람들이 모임
경쟁자가 많음	경쟁자가 많음
월세가 비쌈	채널 유지비가 비싸짐 (경쟁하기 위해 콘텐츠 발행 빈도를 높여야 함, 콘텐츠 개발 비용도 비싸짐)
대기업 프랜차이즈가 주요 상권 차지	방송국에서 연예인을 주인공으로 제작하는 콘텐츠가 상위권 차지

진출하는 건 아주 어려운 일이다. 직원도 없이 혼자서 모든 것을 꾸려 나가야 할 것이고, 비싸고 큰 매장의 월세를 내는 것 자체가 불가능에 가깝다.

그렇다면 주요 상권을 살짝 벗어난 강남역의 뒷골목이나, 아니면 차라리 아직 사람들이 많이 모이지 않는 곳으로 가보면 어떨까? 북적북적한 시내 한복판의 스타벅스와 경쟁하려 하지 말고, 조용한 동네의 작은 카페가 되어보는 거다.

위대한 수많은 것들도 그 시작점은 한없이 작았을 것이다. 모든 게 다 그렇듯, 아주 자그마한 것에서부터 시작된다.

우리에게

돈에 관심 없다고 하는 사람이 돈에 가장 미쳐있다는 말을
많이 한다. 나는 숫자에 관심 없다고 하면서 구독자 수까지
가렸는데, 어쩌면 정말로 숫자에 미쳐있는 사람인가 보다.
'좋아요' 숫자가 그 어느 때보다도 신경 쓰이게 된 요즘은
유튜브를 포함해서 모든 소셜 미디어에 게시물을 잘 올리지
않게 됐다.

인스타그램 '좋아요' 1,000개. 그게 내 심리적 하한선이다.
'좋아요' 1,000개를 받지 못하면 나는 잊힌 사람이 되는
거다. 그게 두려운 나는 좀처럼 파격적인 사건이 아니고서야
인스타그램에 사진을 공유하지 못한다.

유튜브도 마찬가지다. 유튜브에는 독특한 패널이 있는데,
최근 올린 동영상 10개의 조회수를 실시간으로 순위를 매겨
보여주는 것이 바로 그것이다. 각기 다른 시기에 업로드된
다른 비디오를 일렬로 세워서, 경주를 시키는 거다. 그걸
보고 나는 이번에 올린 비디오가, 저번 비디오보다 얼마나
안 좋은 성적을 거두고 있는지를 알 수 있다.

원의 독백
구독자 10.3만명

조회수 2.5만회 5일 전

그걸로 동기 부여가 된다면 너무 좋겠지만, 사실 반대로 작용하고 있다는 걸 유튜브는 알고 있을까? 내가 잊히고 있고 예전만큼 흥미로운 존재가 아니라는 걸 실시간으로 확인하는 것도 모자라, 객관적인 숫자로 보여진다는 건 굉장한 동기 킬러가 아닐 수 없다! 원래는 내 비디오를 내가 가장 많이 봤었다. 내가 나의 가장 큰 팬이었던 거다. 이제는 모든 것을 쏟아서 만든 비디오를 올리고 나면 너무 지쳐버린다. 더 이상 나는 내 비디오를 잘 보지 않는다.

그런 의미에서 숫자는 나에게 중요한 게 아니었는데. 조회수가 100이 안 나와도 비디오 만드는 것 자체가 너무나 재미있고 행복했던 때가 있었다.

그러니까 어쩌면 달라진 건,
사람들이 아니라 나였는지도 모르겠다.

향수

때때로 내가 자격이 없는 사람인 것처럼 느껴진다. 힙스터
취향의 영화 몇 개만 보고 익힌 얄팍한 비디오 만드는
실력으로, 반짝 관심을 받기는 했다. 능력 밖의 과분한
기회를 어떻게든 내것으로 만들어보려고 애쓰다가,
결국에는 이불 킥으로 마무리하는 일이 많아졌다.

유병재 형님의 유튜브 채널에 출연했을 때가 떠오른다.
최고의 주가를 올리고 있던 빠더너스 문상훈 님의 스케줄
이슈로 내가 대타로 나가게 됐다. 한 번 나와보지 않을래
하고 물었을 때부터 일주일 간 나는 머릿속 시뮬레이션을
돌리느라 일을 손에 잡을 수가 없었다. 재치 있고 반전 있고
미스터리한 사람이 되기 위한 수백 개의 시나리오를 그렸다.

결론적으로 그 콘텐츠는 내 치부가 됐다. 한두 마디 했나? 유병재, 유규선, 주우재 세 사람의 토크 오케스트라에 나는 마치 공연 중간에 들리는 핸드폰 벨소리처럼 맥을 끊었다.

아이러니하게도 그 콘텐츠는 내 자랑이 되기도 했다. 카리스마도 미스터리도 없는 나에게 좋은 아이스 브레이킹 소재가 된 거다. 이제 모르는 사람을 만나서 나를 증명해야 될 강박을 느낄 때면, 내가 나온 그 비디오의 썸네일을 보여준다. 그 사람은 살짝 놀라면서 관심을 가지겠지만, 결국에는 업로드하고 꽤 시간이 지난 그 콘텐츠를 안 볼 거라는 걸 안다. 안타깝다. 내가 진짜로 재치있고 진짜로 능력있는 사람이 아니라서. 그래서 자꾸만 인스타그램의 얄팍한 인맥으로 부족함을 가리는 거다.

부끄럽다.
부족한 나를 사람들이
한없이 사랑해줄 때마다.

쇼츠

나는 내가 먹은 음식이다. 말 그대로, 내가 먹은 음식이 나의
피, 땀, 눈물, 뼈와 살을 이룬다. 어제 먹은 삼겹살이 이미
내 살이 된 거다. 반성한다. 물리 법칙에 의하여, 무에서
유는 절대로 만들어질 수 없다. 원래 있던 것들이 어떻게든
재조합되어서 새로운 것을 만들어 낸다. 그러니까, 세상에
완전히 '새로운' 건 없다. 우리의 몸을 138억 년 전의 원소가
채우고 있다고 생각하면 공포감이 일기도 한다.

정신도 마찬가지라고 생각한다. 내가 보고 듣고 느낀 모든
것이 나의 정신을 이루었다고 생각한다. 그리고 나의 생각,
나의 창작물들은 절대 독창적이라고 생각하지 않는다.
나라는 믹서기에 시청각물과 감정과 감각들을 넣고 마구
섞어서 만든 어떤 스무디다. 그런 의미에서, 우리는 건강을
위해 몸에 좋은 음식을 먹는 것만큼이나, 건강한 영감을
골라서 섭취할 필요가 있다.

내 생각에 몇몇 쇼츠는 대표적인 정크 영감이다. 대체로
클라이맥스만으로 구성된 그 쇼츠들은 불량 식품이 혈당
스파이크를 치솟게 하듯, 엄청난 도파민 스파이크를
야기한다. 그 이유는 많은 쇼츠가 가공의 가공의 가공을
거쳤기 때문이다. 많은 쇼츠들이 디지털 풍화가 이루어질
대로 이루어진 의미 없는 내용이거나 몇십 분짜리 긴
비디오의 짜릿한 명장면만을 짜깁기한 것이다.

엔트로피가 증가하는 방향으로는 자연스럽게 일어나지만, 엔트로피를 감소시켜 원래의 상태로 되돌리는 것은 자연적으로 일어나지 않는다. 스테이크를 가공해서 스팸을 만들 수 있겠지만, 스팸을 스테이크로 되돌릴 수는 없는 것처럼.

짧게는 몇 초 분량의 쇼츠는 입자가 너무 고와서 우리 정신의 빈 공간을 효율적으로 꽉꽉 채운다. 큰 덩어리의 영화는 두 개를 연달아 보기 힘들다. 그러나 입자가 고운 쇼츠는 서너 시간을 연달아 볼 수 있다. 나는 정신도 물리 법칙을 따른다고 믿는다. 한계가 있다는 뜻이다. 나의 정신에는 빈 공간이 없다. 영화를 보고 나서는 영화의 내용을 반추하며 멍을 때린다. 그러나 쇼츠와 쇼츠 사이에는 빈 공간이 없다. 그저 내 생각들 사이의 빈 공간을 차곡차곡 빈틈없이 메울 뿐이다. 이건 치명적인데, 빈틈이 없다는 것은 내가 주체적으로 해석할 수 있는 공간이 없다는 것이다. 남들이 생각한 대로 생각하게 된다는 것이다.

보잘것없지만, 나도 창작을 한다. 창작이라고 해봤자 여기저기서 본 것들을 가져와 섞고 조립한 것에 불과하지만. 그렇기 때문에 이왕이면 좋은 것을 보고 싶다. 건강한 영감을 얻고 싶다. 길을 걷고, 책을 읽고, 영화를 보고, 대화를 하고, 감정을 느끼고 싶다. 그리고 그걸 내 방식으로 조립하고 싶다.

일

공개적으로 개업을 선언하고 많은 연락을 받았다. 업계에서 알려진 바 없고, 실력도 신용도 불투명한 나에게 기꺼이 제안을 주신 분들께 심심한 감사를 드리면서도, 마음 깊은 곳에서는 만류하고 있었다. 나는 비디오를 배운 적이 없고, 또 당신들이 시키는 건 당연히 해본 적이 없다. 솔직하게 고백하자면, 나는 자신이 없다.

동경하던 뮤지션 10CM와 절친한 뮤지션 조매력이 대형 프로젝트를 진행한다 했을 때, 그리고 그 프로젝트의 비디오를 나에게 부탁했을 때도 역시 그랬다.

"저, 감사드립니다. 그러나 저는 자신이 없는데요."
나는 우물쭈물, 그러나 솔직하게 답했다.

"그렇게 선택지가 없나요? 정준구 본부장님, 엄청난 모험가시네요."

그러나 그 말을 듣고도 오히려 그는 나를 설득했다.

"승원 씨, 이런 건 그냥 발을 들이면 저절로 돼."

그는 1,000명의 연주자를 한 곳에 데려다 놓고 연주를
시키겠다고 했다. 이런 프로젝트를 해본 적 있을 리
만무했다. 나뿐만 아니라, 모든 담당자들이 마찬가지였을
거다. 프로젝트 회의가 거듭될수록 담당자는 늘어나서 스무
명 정도가 됐고, 각자 척척 알아서 일을 진행하고 있었다.

나도 얼결에 동참하게 된 이 프로젝트에 뭔지도 모르는 말을
이해하려 애쓰면서, 처음 해보는 일을 시작했다. 그래서
거대한 눈덩이처럼 이 프로젝트가 정말로 알아서 굴러가고
있는 것처럼 보였다.

어떤 일은, 눈덩이가 굴러가며 커지듯
시작되고 나서야 모양이 만들어지기도 하는구나.
모든 걸 준비하고 시작하지 않아도,
때론 시도 하나로 바뀔 수 있는 일도 있구나.

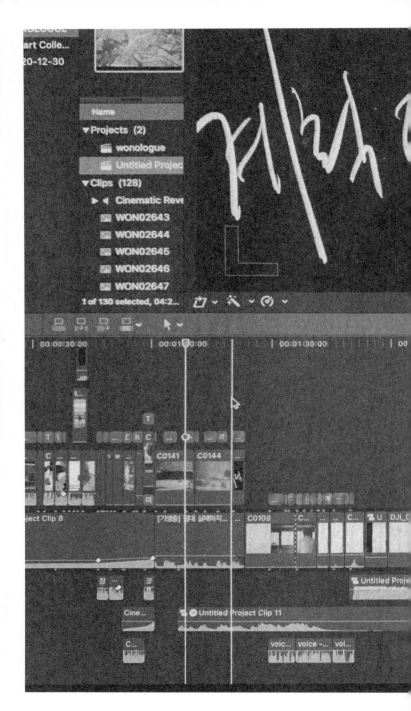

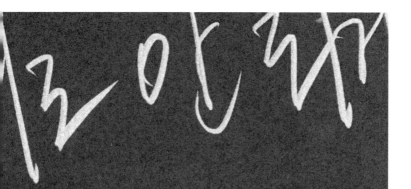

life never works out that way

⏵ 00:01:20:06 ⏸

‹   **Untitled Project** ⌄   04:25:00   ›

| 00:02:30:00 | 00:03:00:00 | 00:03:30:00

끌어당김

나는 세상의 많은 이치가 물리학으로 설명된다고 생각한다. 심지어 인간관계도. 뉴턴의 만유인력 법칙은 물리적으로 큰 물체에 더 큰 인력이 작용하여서 상대적으로 작은 물체가 끌려갈 수 있다는 걸 설명하는 거다. 이건 인간관계에서도 똑같이 적용된다. 인간 가운데 더 중요한 사람이란 없고, 모두가 평등하다고 우리는 교육받았지만, 분명히 어떤 사람은 더 큰 힘을 가진다.

예를 들면, 스티브 잡스가 있다. 내가 지금 떠올릴 수 있는 가장 무거운 사람이다. 스티브 잡스는 뛰어난 사람이다. 그는 너무 뛰어날 뿐만 아니라 카리스마로 무장한 사람이라서 점점 엄청난 에너지를 만들어 냈다. 그는 마치 행성을 여러 개 거느린 항성처럼 빛났고, 수만 명이 그와 그가 제시하는 빛을 따라서 공전했다. 이윽고 전 세계의 운명도 바뀌었다. 그분이 돌아가신 지 10년이 지났는데도 엄청난 에너지가 남아있다. 그는 실로 엄청난 별이다.

스티브 잡스만큼이나 큰 별은 아니지만, 내 주변에도 큰 에너지를 가진 사람들이 많다. 상대적으로 나이도 어리고 돈도 없고 능력도 없는 나는 그 별들의 주변에 가까워질 때마다 크게 요동친다. 말 한마디에 엄청난 용기를 얻기도 하고 또 상처받기도 한다. 소셜 미디어에서는 힘 있는 사람이 하는 말과 행동에 수만 명이 동조한다.

거기서는 또 엄청난 중력이 발생한다. 나는 그들의 말에 따라 선택을 뒤집기도 한다. N체 문제의 질량이 작은 천체처럼, 여기저기 흔들린다.

근데 나는 이제 좀 지친다. 사람들 말대로라면 서른의 나이면 이 정도 벌어야 하고, 적당한 차도 있어야 하고, 자리를 잡고 결혼도 해야 하고, 유치한 게임 대신 골프도 쳐야 한다. 근데 나는 그렇게 할 수가 없다. 다들 하는 일에 동참하려면 엄청난 힘이 필요하다.

최대한 멀리 달아나고 싶다. 저 큰 별들이 나에게 영향을 미치지 못할 만큼. 우주는 너무나도 넓다. 그 넓은 우주에 비하면 거성이든 소행성이든 그저 티끌에 불과하다는 것을 잊지 말자.

이제는 소셜 미디어를 닫고, 사람들의 잔소리를 끄고, 나의 삶을 살고 싶다.

큰 별들이 없는 여유로운 우주에서 나만의 궤도를 그리고 싶다.

500/65

2년 전 토요일 새벽 세 시, 나는 이태원의 악명 높은 좁은
길과 수많은 차들을 뚫고 간신히 새로운 자취방에 도착해서
마지막 이삿짐을 내려놓았다. 먼지투성이가 된 몸을 채
씻지 못하고 아직 빨지 못한 먼지투성이 이불 위에 누웠다.
새로운 보금자리에 누우니, 가슴이 두근거렸다. 아, 그것은
설렘으로 두근거리는 가슴이 아니었다. 큰 길가의 클럽에서
흘러나오는 싸구려 음악의 묵직한 베이스였다.

이태원의 환영식은 거기서 끝이 아니었다. 파티를 즐기던
사람들이 잡히지 않는 택시를 찾아 내가 누운 자취방 근처의
골목까지 다다랐다. 그들은 한국어로, 영어로, 중국어로,
일본어로, 프랑스어로, 인도어로, 태국어로 간밤의 식지 않은
흥분을 토해냈다. 해독하지 못한 술과 소화하지 못한 피자를
쏟아냈다. 찰박찰박, 그 소리가 듣기 좋은 도시의 웅성거림이
되기에는 3층은 너무 낮았다.

새벽에 화장실 물 내리는 소리마저 민폐가 될까 걱정하던
나는 상상조차 해보지 못한 무례함이었다. 옆집 세입자는
매일 같이 친구를 데려왔다. 나는 그에게 몇 번이나 주의를
부탁했다. 친절하게, 또 엄중하게 공동체의 예의를 요청했다.

처음에는 미안해 죽으려던 그의 표정이 점점 귀찮음으로 변해간다는 걸 알아차리는 데는 고도의 눈치가 필요하지 않았다. 경찰을 불렀다. 현관문 뒤에서 숨죽여 대화를 엿들었다. 그는 한국어를 못하는 척했다.

새벽 두 시, 또 옆집 남자가 떠드는 소리에 잠을 깬 나는 있는 힘을 다해 소리를 질렀다. 잠시 조용해지는가 싶더니, 이내 변한 게 없다는 걸 깨달았다. 이태원은 내가 조용하든 시끄럽든 그냥 이태원 하는구나. 그냥 하고 싶은 말을 하고, 하고 싶은 일을 하는구나.

그 뒤로 나는 조용한 것을 멈췄다. 하고 싶은 말을 하기로 했다. 시끄럽게 하기로 했다. 그런데 아무도 뭐라고 하지 않았다. 묘한 해방감을 느꼈다. 모두가 시끄러운 이태원에서, 나 역시 시끄러울 수 있었다. 내가 되고 싶은 사람이 될 수 있었다.

이제 이태원을 떠난다. 다시 나는 얌전한 사람이 되겠지만, 그 알 수 없는 해방감을 잊지 못할 것 같다. 내가 나로 살 수 있었던 이태원. 시끄럽게 해줘서 고오맙다!

Presented to
윈의 독백
For passing 100,000 subscribers

 YouTube

신제품

유튜브를 시작한 지 5년이 지났는데도 나는 달라진 게
별로 없는 것 같다. 그때의 임승원이나 지금의 임승원이나
똑같은 임승원이다. 더 나빠진 것도 없거니와 특별히 더
나은 사람이 되지도 않은 것 같다. 비디오를 엄청나게 더
잘 만들게 된 것도 아니고, 노래 실력이 엄청나게 더 느
는 것도 아니고. 통장에 돈이 없는 건 여전하고, 몸은 여전히
뚱뚱하다. 유튜브를 한 덕분에, 변함없는 나의 모습이 인터넷
여기저기에 남았을 뿐이다.

세상은 어제와 다르고, 시간은 흐르고 있고, 나만 혼자
이렇게 멈춰져 있다. 그건 안 좋아 보인다. 변화하지 않고
멈춰 있는 건 보통 안 좋다고 생각하니까. 모두들 세상에
맞춰서 변화하고 발전해야 한다고 생각하니까. 그렇지
않으면 다들 나를 두고 어디론가 멀리 가버릴 거라고.

그런데 나는 멈춰 있는 내가 참 좋다. 바쁘고 빠른 사람들의
숲을 헤매다 보면, 가끔 돌아가고 싶다고 생각한다. 사람들의
생각에서 나의 생각으로. 그럴 때마다 나는 내가 어디 있는지
즉시 찾을 수 있는 것이다. '원의독백'이라는 형태로 어디 안
가고 한 곳에 있기 때문에.

모래 위에 그린 그림이었던 내 생각은 이제 비디오가 되어서 구글의 서버에 저장되어 있다. 마치 첩첩산중의 숲속에 우뚝 선 거대한 집처럼. 너무 거대해서 멀리서도 보이는 그런 집이다. 그것들은 바람에 흩어지지 않는다. 그리고 나는 이제 내 생각을 눈으로 볼 수 있다. 이제 책이 나왔으니 손으로 만질 수도 있겠다. 나는 그래서 얼마든지 멀리 갔다가도 언제든지 다시 돌아올 수 있는 거다. 그건 흔히 할 수 있는 경험이 아니다. 보통 삶에 대해서 정성 들여 기록하려 하지 않으니까. 오랜 시간 걸쳐서 쌓인 나의 기록을 언제든지 꺼내 볼 수 있다는 건 너무도 감사한 일이다.

아무튼 가끔씩은 멀리 나가볼 것이다. 안 가봤던 길을 걷고, 안 해봤던 일을 하겠다. 퇴사도 해보고, 사업도 해볼 거다. 노래도 만들어보고, 비디오도 만들어볼 거다. 사랑도 해보고, 주접도 떨 거다. 물론 최단 거리로 목적지에 갈 수는 없을 테니, 가끔은 포기할지도 모르겠다.

그러나
멀리멀리 갔다가
결국에는
또 잘 다녀오겠습니다.

commentary

코멘터리

WLDO 왈도

WLDO 님에 대해 소개해주세요.
해외 마케팅을 소개하는 유튜브 채널 [WLDO(Who letta dogs out)]의 운영자 '왈도'입니다. '군계일학의 크리에이터'란 콘텐츠에서 '원의독백'을 소개하기도 했고, 현재 유일하게 그의 채널만 구독+알람 설정을 해 두었습니다.

'원의독백'을 처음 발견한 순간이 궁금해요.
친한 대학 동기 PD가 [원의독백] 채널을 보고 안일하게 촬영하고 편집했던 스스로를 반성했다고까지 해서 저도 찾아보았고, 당시 일종의 충격을 느꼈습니다.

'원의독백'에게서 어떤 '영감'을 받았는지 궁금해요.
그의 작품은 시각적으로나 감성적으로 가장 레트로한 방법을 차용하면서도 역설적으로 가장 세련된 느낌을 줍니다. 그 이유는 스토리텔링에 담긴 진정성도 있겠지만, 3분 남짓한 영상에 방망이를 깎는 노인과 같은 어마어마한 노력이 담겨있기 때문입니다. 결국은 자신의 생각을 어떻게 가장 진정성 있고, 세련되게 표현해야 하는지를 아는 친구입니다.

『원의독백』속 추천하고 싶은 문장이 궁금해요.

좋아하는 걸 좋아하는 게

갖고 싶은 걸 사는 게

살고 싶은 삶을 사는 게

나는 아직 무서운 것 같다.

만날 때마다 뭔가 항상 조심스럽고 수줍게 웃는 그를 떠올리게
하는 문구입니다. "안 무서워해도 된다. 넌 충분히 즐길 자격이
있다."고 말해주고 싶습니다.

『원의독백』을 읽고 난 감상평 부탁해요.

저자가 서두에 밝힌 대로 이 책은 누군가에게 영감을 주거나 본
인의 업적을 알리기 위한 것이 아닙니다. 독자 역시 스스로의 독
백을 이어가길 바라는 작은 마음에서 시작한 것입니다. 그렇기
때문에 집중해서 읽을 필요도, 줄을 그어가며 읽을 필요도 전혀
없습니다. 그저 지구 다른 한편에서 묵묵히 다른 꿈을 꾸며 살고
있는 당신의 삶에 조금의 위안이 되었다면, 저자는 그걸로 만족
할 것입니다.

금종각

금종각 님에 대해 소개해주세요.

그래픽 디자인 스튜디오 금종각입니다. 이태원에 위치한 소규모 공유오피스 썬트리하우스 @suntree.house도 운영하고 있습니다. 디자이너들이 잔뜩 모여 있는 공간에서 즐거운 밤과 낮을 보내며 주로 책을 디자인합니다. 제한된 판형 안에서 저자의 글을 반짝반짝 빛내기 위해 디자이너가 할 수 있는 일들을 연구하고 있습니다. 『발견, 영감 그리고 원의독백』을 디자인할 기회를 얻게 되어 너무너무 신나고 감사한 마음입니다.

'원의독백'을 처음 발견한 순간이 궁금해요.

2년 전쯤입니다. 친구가 "이 채널 알아?" 하고 보여줬어요. 10분 남짓한 영상이었습니다. 제 반응은, "?????". 이게 뭐지? 희망, 고난, 세련됨, 편안함, 절실함, 솔직함, 아련함이 한 그릇에 비벼진 영상에 충격받고 구독할 수밖에 없었어요. 디자인 스튜디오를 운영하다 보니 수많은 고자극 시각물에 노출되어 있는데도 원의독백은 영상 하나 접했을 뿐인데 여태 머릿속 한쪽을 차지하고 있습니다.

'원의독백'에게서 어떤 '영감'을 받는지 궁금해요.

두려움과 용기, 상반된 감정을 하나의 이야기로 묶어내는 원의독백의 솔직함을 사랑하지 않을 수 없습니다. 첫 번째 영상, 두 번째 영상 그리고 세 번째, 네 번째, 어느새 몰입해 정주행하게 되고 시청자가 아닌 화자의 관점에서 내 마음을 돌아보게 하는 마법 같은 공감과 몰입 속에 커뮤니케이션이란 무엇인가, 진지한 고민과 마주하게 됩니다. 감사할 따름입니다.

『원의독백』속 추천하고 싶은 문장이 궁금해요.

한 문장만 고르기가 너무 어렵습니다만, 50번째 글 <프리랜서>, 53번째 글 <돈 벌자, 파이팅!>에서 삶과 일에 대한 원의독백의 고민이 특히 와닿았습니다. "내가 나로 존재하면서 월세를 내고 치킨을 사 먹는다는 건 아주 행복한 일"이라던가, "실수를 했다. 공들여서 야외 촬영을 했는데, 소리가 하나도 안 들어간 거다. 정신이 아득해지는 걸 느낀다. (중략) 그럴 때마다 근거 없이 뻔뻔해질 필요가 있는 것이다. 실수가 있을 때마다 꺾이면 오래 지속하지 못한다." 라는 부분에서 좀 울컥했어요. 소주… 한 잔…

『원의독백』을 읽고 난 감상평 부탁해요.

승원님의 솔직함 때문인지, 글을 읽는 내내 승원님이 나 같기도 하고 내가 승원님 같기도 하고, 책을 덮을 때쯤이 되니 이미 절친이 된 마음입니다. 유튜브, 인스타그램, 수많은 매체를 통해 멋지고 예쁜 사람들을 보며 타인과 스스로를 비교하다가 어느새 불안해지기 쉬운데 승원님의 글이 제 중심을 잡아줍니다. 괜찮다고, 한 번 가 보자고 말해주는 거 같아요. 만만찮은 삶 가운데 특별히 더 용기 내고 싶어지는 순간 다시 펼쳐 보는 책이 될 것 같습니다.

김규림

김규림 님에 대해 소개해주세요.
문구인 김규림. 부업으로는 15년차 블로거, 본업으로는 믹스커피를 팔고 있다.

'원의독백'을 처음 발견한 순간이 궁금해요.
2년 전, "이 사람은 미쳤어!"라는 친구의 호들갑을 5번 정도 들으니 슬슬 궁금해졌다. 대체 뭐길래. 영상을 아무거나 틀고는 5초 만에 자세를 고쳐 앉았다. 이 사람 진짜 미쳤네?

'원의독백'에게서 어떤 '영감'을 받았는지 궁금해요.
기록에 농도를 매긴다면 '원의독백'은 분명 쓰리샷 에스프레소다. 생각도 깊고 표현하는 방식의 농도도 짙어 두세 개를 연달아 보기보단 한 편 한 편 아껴가며 여러 번 보게 된다. 쉽게 만들어지고 또 빠르게 잊히는 가벼운 콘텐츠의 범람에 지칠 땐 늘 [원의독백] 채널을 찾는다. 절대적인 시간을 써서 한껏 공들인 그의 영상들에는 언제나 진심과 고유한 울림이 있다.

『원의독백』속 추천하고 싶은 문장이 궁금해요.

'원의독백' 채널을 꾸려가면서 단 하나 후회한 점이 있다면 더 일찍 시작하지 않은 것이다.

『원의독백』을 읽고 난 감상평 부탁해요.

[원의독백] 유튜브 채널의 영상들을 보다 보면 어느새 이야기를 하고 싶어져 들썩이는 스스로를 발견한다. 스타일리시한 영상미를 그대로 따라 하고 싶다기보단(그럴 수만 있다면 더할 나위 없겠지만 아쉽게도 일찍이 포기했다), 나도 나만의 이야기를 시작해보고 싶다는 생각이 계속 든다. 댓글을 보아하니 이런 생각을 하는 게 나뿐만 아닌듯하다. 이사, 자동차, 신발, 자전거… 흔하디흔한 일상 소재를 너무나 맛깔나게 요리하는 그의 재능 덕이리라.

이 책은 그런 영상들의 각주 혹은 사전 스케치 같다. 날것의 고민과 생각들이 오랫동안 정제되어 내가 본 근사한 영상이 된 거구나. 그렇다면 조금은 더 용기를 내보고 싶어진다. 꺼내고 싶은 이야기가 있는 모두가 보면 좋을 책.

김상현

김상현 님에 대해 소개해주세요.

필름출판사와 카페 공명(연남, 홍대, 합정, 가로수길)을 운영하고 있고, 6권의 책을 쓴 에세이 작가이자 강연가입니다. 멋들어지게 스스로를 소개하려고 적은 문장으로는 '확신을 결과로 치환하는 사람'입니다.

'원의독백'을 처음 발견한 순간이 궁금해요.

제가 원의독백을 처음 접한 순간은 마치 잃어버렸던 나만의 소중한 일기장을 우연히 발견한 것과 같았습니다. 그의 이야기는 나지막한 속삭임처럼 시작되었지만, 이내 저를 삶의 깊은 곳으로 끌어당겼습니다. 무심히 흘려보내던 일상 속 순간들이 얼마나 소중한지, 그리고 그 속에서 자신을 바라보는 일이 얼마나 중요한지 깨닫게 해주었죠. 처음 그의 독백을 마주한 날, 문득 저도 모르게 잔잔한 미소를 짓고 있었습니다. 그 웃음에는 그의 진심에 대한 공감과, 내 안의 감정들이 조금씩 열리기 시작한 기쁨이 담겨 있었습니다.

'원의독백'에게서 어떤 '영감'을 받았는지 궁금해요.

원의독백은 단순한 자기 고백 이상의 힘을 가지고 있습니다. 그것은 우리가 쉽게 지나칠 수 있는 평범한 순간들을 특별하게 만드는 마법과도 같아요. 그의 글과 영상은 감성적으로 아름답기도 하지만 그 속에는 깊은 철학도 담겨 있습니다. 이 영감은 저에게 창작자로서, 그리고 한 인간으로서 '어떻게 살아야 하는가'에 대한 질문을 던지게 했습니다. 매 순간 우리가 경험하는 사소한 일들조차도 사실은 삶의 중요한 조각들이며, 그 조각들이 모여 인생이라는 커다란 그림을 완성한다는 것을 깨닫게 해줬습니다. 이 독백은 제가 지금 이 순간을 더욱 충실하게 살아야 한다는 깨달음을 주었고, 그 순간순간이 얼마나 소중한지 상기시켜 주었습니다.

『원의독백』속 추천하고 싶은 문장이 궁금해요.
책 속에 담긴 원의독백의 모든 문장이 마치 나 자신을 마주할 용기를 주는 거울과도 같습니다. 이 책에 담긴 문장들은 독자들에게, 일상 속에서 놓치고 있는 진짜 나를 다시 발견하게 해주며, 스스로에게 묻지 못했던 질문들을 던질 기회를 제공합니다. 세상이 아무리 바쁘고 시끄러워도, 결국 가장 깊숙한 곳에 있는 자신과의 독백이 가장 중요한 대화라는 것을. 우리가 매일 하는 대화 속에서 정작 중요한 것은 자신과의 대화라는 사실을 다시금 일깨워줍니다.

『원의독백』을 읽고 난 감상평 부탁해요.
『원의독백』을 읽으며 느낀 것은, 마치 마음속 잔잔한 바람이 조심스레 문을 두드리는 것과 같은 경험이었습니다. 그의 이야기는 그저 개인적인 감정의 나열이 아니라, 우리 모두의 삶을 반영하는 거울과도 같았습니다. 원의독백은 독자를 강하게 이끄는 것이 아니라, 옆에서 조용히 함께 걷는 친구 같죠. 그의 글은 우리 각자가 마주한 삶의 문제들, 그 속에서 느끼는 고독과 기쁨을 담담하게 드러내며, 독자들로 하여금 자신만의 답을 찾을 수 있게 도와줍니다. 책을 다 읽고 나면, 마치 깊은 대화를 마친 후의 그 차분한 여운처럼, 마음속에 무언가 따뜻한 것이 남아 있는 것을 느끼게 될 것입니다.

류덕환

류덕환 님에 대해 소개해주세요.

배우 일을 하고 있는 류덕환입니다. 전시도 기획하구요. 여하튼 기록에 관한 일들을 좋아하는 사람이에요. 본업은 류부남입니다.

'원의독백'을 처음 발견한 순간이 궁금해요.

어떤 알고리즘을 통해서 마주했는지 모르겠으나, 우연히 원의독백의 유튜브를 보게 되었고, 영상이 시작된 순간 엄지로 두 번 클릭한 적 없이 정속으로 끝까지 영상을 보게 되었다. 내 기억에 덩치 큰 한 녀석이 의자에 앉는 순간 의자가 찌그러지는 소리와 함께 "oh god"이라는 외마디로 시작되었던 것으로 기억한다. 본인의 생일을 자축하는 덩치 큰 녀석이 영어까지 잘 하는데 언변도 좋더라. 그 매력적인 청년의 독백을 구독하게 되었던 가장 큰 이유는 아마 '진정성'이었던 것 같다. 원의독백은 담담하게 진정성을 가지고 그냥 자신이 살아가는 삶을 담담하고 무던하게, 생각나는대로 내뱉고 기록하는 모습이었고 지금도 그렇게 살아가는 덩치 큰 녀석으로 느껴진다.

'원의독백'에게서 어떤 '영감'을 받았는지 궁금해요.

기록을 하기 위해 가장 먼저 해야 하는 작업이 독백이라고 생각했다. 내 생각을 기록하기 위해 키보드에 손을 얹는 순간 나의 기록은 겉멋투성이가 되더라. 그래서 "독백이, 가장 우선적으로 했던 나의 진심이겠구나"라는 생각을 했다.

나의 직업은 배우라서 평생을 타인을 표현하며 살았다. 때문에 내가 좋아하는 것이 무엇인지도 몰랐고 꼴에 연예인이라고 내가 실망했던 것, 뒷담화까고 싶은 상대, 불만스러운 사회현상에 대해 입 꼭 다물고 살아왔다. 나의 기록은 남이 써준 글과, 남이 만들어 준 컷과, 남이 입혀준 옷과, 남이 치장해준 헤어 메이크업으로 무장한 기록뿐이었다.

원의독백은 나에게 그런 영감을 주었다. 자신을 그냥 기록하는 것. 기록하면서 아주 조금이라도 자신을 알아가는 것. 살아가며 가장 필요한 것은 있는 그대로 자신이 얼마나 매력있고 대체불가한 사람인지를 깨닫는 것.

『원의독백』 속 추천하고 싶은 문장이 궁금해요.

<내가 크리스마스에 원하는 것> 나는 사실 그렇게 많은 걸 바라지 않는다. 특대 족발. 그리고 그걸 사이좋게 나눠 먹을 애인. "너무 많은 걸 바라는 걸까."

이 부분이 가장 원의독백다웠다. 자신을 잘 모르고 살아가지만 결국 이런 한마디가 진짜 같다는 생각을 한다. 물론 더 멋지고 철학적인 말들이 많지만 첫인상으로 봤던 원의독백과 가장 어울리는 문장이어서 생각이 난다.

추천하는 이유는 엄청난 의미가 있어서가 아니라, 진정한 독백이란, 그냥 '뇌가 혀에 달려 있는 듯 내뱉는 것'이라고 생각하기에, 꾸밈없이 혼자서 독백한 느낌의 문장이라서다. 어쩌면 의미 없을 것 같아 보이는 이 문장을 책에 실었다는 것은, 꾸밈없는 진정성이 내포된 원의독백만의 위트 아닐까?

류덕환

『원의독백』을 읽고 난 감상평 부탁해요.

여전했다. 책으로 냈다고 내가 생각하는 임승원이라는 사람은 변해있지 않았다. "역시 내가 사람을 잘 봤다" 정도? 대단한 메시지를 주거나 영향력을 주려하는 억지스러움은 『원의독백』에서 볼 수 없다. 그냥 이 책을 보고 있는 우리는 이미 독백을 하고 있을 것이다.

그는 아마도 여전히 코스트코에서 산 (이름도 몰랐던) 까시에로 델 디아블로(?)를 까고, 배달 음식을 잔뜩 시켜 먹고, 크림 어플에 들어가 트레비스 스캇 급의 운동화를 뒤적이고, 다양한 영상들을 실험하고, 대충 살고 싶지만 대충 살지 못하고, 아무도 알아주지 않는 향수를 뿌리며 마라도 짜장면을 먹으며 생일을 자축할 것만 같다.

이 책은 그냥 임승원의 독백이다. 그리고 우리가 한 번쯤 해봐야 할 용기 같다. 독백하자. 그리고 나에게 관심을 주자. 세상은 나에게 관심 없다. 나에게 관심을 줄 수 있는 건 '나의 독백' 뿐이니까.

(+) 23년 10월 23일. 뮤지션 다니엘 공연장에서 우연히 그를 마주쳤다. 첫만남이었다. 내가 기록이란 걸 시작하게 용기를 줬던 사람이라 사진을 요청했다. 내가 먼저 했다. 찍자고. 먼저했다. 내가… 나 나름 연예인인데….

봉현

봉현 님에 대해 소개해주세요.

안녕하세요, 저는 13년차 프리랜서 작가 봉현입니다. 에세이 5권을 비롯, 다양한 매체에 사용되는 그림을 그리고 글을 쓰는 창작자입니다.

'원의독백'을 처음 발견한 순간이 궁금해요.

저는 [원의독백]을 초창기부터 구독했던 승원님의 찐 팬인데요! 알고리즘에 뜬 영상 썸네일을 보고 우연히 클릭했다가, 대체 이 사람은 뭐지? 하고 충격먹었던 기억이 납니다. 주위 창작자들에게 정말 많이 추천했어요. 자극과 어그로가 가득한 유튜브 세상에 한줄기 빛 같은 크리에이터라고 소개하면서요.

'원의독백'에게서 어떤 '영감'을 받았는지 궁금해요.

사실 저는 영상 전공자이기도 해서, 초 단위로 살펴보면서 편집이나 연출, 디자인 모든 부분에서 감탄하여 약간의 질투심도 느끼곤 했어요. 이 시대의 감각과 사람의 속내를 예리하게 캐치하면서도 때론 유쾌하게, 때론 왠지 서글픈 감정도 들게 하는 승원님의 메시지들을 좋아합니다. 매번 영상이 올라올 때마다 성장하면서도 한결같은 승원님의 세상을 좋아합니다. 존경과 동경의 시선으로 늘 응원하고 있습니다. 언젠가 꼭 무엇이든 같이 해보고 싶다는 사심도 가득 안고요!

『원의독백』속 추천하고 싶은 문장이 궁금해요.

"지금 할 수 있는 생각이 있고, 지금만 행동으로 옮길 수 있는 일이 있다는 것을 기억하자."

승원님의 메시지는 늘 지금의 나를 살펴보게 합니다. 과거의 내가 어떠했건, 미래의 내가 얼마나 막연하든, 결국 나의 현재는 이렇구나- 하며 받아들이는 그 어려운 마음을 함께 해주는 것 같아요. 원의독백을 보다 보면 나의 독백을 곱씹게 됩니다. "나는 최대한 선명하게 모든 것들을 느끼고 겪고 싶다."라는 문장처럼요.

『원의독백』을 읽고 난 감상평 부탁해요.

우리는 모두 혼자 살아갑니다. 매일 매순간 쏟아지는 바깥의 것에 흔들리면서요. 그렇게 시끄러운 세상 속에서 누군가 조용히 읊조리는 목소리가 들립니다. 『원의독백』은 우주 속 궤도를 돌고 돌아 결국은 누군가에게 가닿는 이야기입니다. 우리는 각자의 원 속에 있지만 서로 이어져 있음을 발견하는, 승원님의 반짝임처럼요.

아프로 APRO

아프로 님에 대해 소개해주세요.
저는 음악을 하고 있는 뮤지션 아프로 APRO 입니다.

'원의독백'을 처음 발견한 순간이 궁금해요.
저에게 유의미하거나 때로는 유쾌하거나 어쩌면 유익함을 찾고
자 유튜브라는 플랫폼을 접하였지만, 자극적인 순간들만 계속해
서 마주하다 보니 피로감이 가득할 때쯤, 유튜브는 결국 나에게
맞지 않을 수도 있겠다 싶었어요. 우연히 떠났던 여행지에서 정
말 우연히 나타난 원의독백 컨텐츠 하나에 저의 3시간 정도가 훌
쩍 지나가버렸고, 제가 그간 가지고 있던 유튜브 생태계의 패러
다임을 바꿔 놓았습니다. 그리고 이 사람을 꼭 만나 작업해야겠
다 생각했고 바로 움직였죠.

'원의독백'에게서 어떤 '영감'을 받으시는지 궁금해요.
다른 사고방식과 다른 해석, 그로 인한 다른 창작. 저와는 다른
원의독백에 고귀한 다름에서, 그로 인한 모든 것에서 영감을
받습니다. 닭이라는 재료를 통해 각 나라가 대표하는 요리가
다르듯 저는 원의독백의 다름을 사랑하고 인정하기에 그 모든
것이 저에게 영감이 됩니다.

『원의독백』속 추천하고 싶은 문장이 궁금해요.

사실 가장 회피하고 싶은 질문이긴 하네요. 미약한 제가 하는 추천이 괜한 길잡이가 되진 않을까 싶습니다. 영화 스포일러 좋아하시나요? :) 솔직히 고르기가 힘들기도 해요. 꽃집에서 꽃 고르는 것처럼요. 다 아름다우니까요. 나를 찾아줘. 영감. 그냥 그렇게 살고 싶다는 것뿐이야. 이유는 적을 필요 없겠죠? ㅎㅎ

『원의독백』을 읽고 난 감상평 부탁해요.

사랑하는 누군가의 창작이 세상에 공개되기 전 먼저 맛보고 듣거나 느낄 수 있다는 것은 그게 무엇이든간에 영광이겠죠? 가장먼저 드는 생각은 감사였습니다. 그렇기에 진솔하게 대답할 수 있는 것은 지금 현재를 살고 있는 저희 또래 친구들이 접하면 좋은 일기인 것 같습니다. 앞으로 인생에 있어서 이 책 한 권이 삶에 큰 변화를 주지 않을 수 있지만, 경험하지 않았음에도 본인의 과거가 될 수 있는 소중한 지혜와 순간들이 생기는 책은 분명한 것 같습니다. 그리고 곧 영감은 그런 과거에서, 찰나들에서 비롯된다고 생각합니다. 지나간 소중한 과거들로 여러분들의 앞으로를 만드시기를 바랍니다.

유규선

유규선 님에 대해 소개해주세요.
블랙페이퍼 대표 유규선입니다.

'원의독백'을 처음 발견한 순간이 궁금해요.
유병재 님을 통해서 발견했습니다. 병재 님이 모 프로그램을 통해서 협업했는데 정말 괜찮은 친구가 있다고 신나서 추천했어요. 마치 재밌는 영화나 드라마를 추천하는 것처럼요. 그래서 이상하다고 생각했어요. 보통 추천을 잘 안 하는데. 바로 채널을 찾아서 봤는데 그날 모든 영상을 다 봤습니다. 재밌는 드라마를 찾은 것처럼요.

'원의독백'에게서 어떤 '영감'을 받았는지 궁금해요.
원의독백 님을 통해 영감을 받아서 새로운 것을 만들고 싶다는 욕구보다는 그의 영감을 모두에게 알리고 싶다는 생각을 많이 해요.

저에겐 제작자로서 꼭 갖고 싶은 인물이죠. 빈틈을 채워줄 필요 없이 넘쳐나는 창의력을 주워서 정리만 해줘도 되는 아티스트니까요.

『원의독백』속 추천하고 싶은 문장이 궁금해요.
"3개월 만에100kg를 뺐어요!" 이유는 본문 참고.

『원의독백』을 읽고 난 감상평 부탁해요.
제가 생각하는 삶의 세이브 포인트 중 하나는 좋은 콘텐츠입니다. 재밌거나, 강렬하거나, 나쁘거나. 3년 전 제 세이브 포인트는 "원의독백 채널에 시험"을 봤을 때 그리고 올해(현재) 나의 세이브 포인트는 "발견, 영감 그리고 원의독백의 비디오를 요리하는 방법"이네요.

유병재

유병재 님에 대해 소개해주세요.

안녕하세요. 유병재입니다.

'원의독백'을 처음 발견한 순간이 궁금해요.

원이는 제가 출연했던 모 예능 프로그램에서 처음 만났어요. 저의 엉뚱한 상상을 바탕으로 함께 짤막한 코미디 스케치를 만들었는데요. 원이가 특유의 감각으로 찰떡같은 비디오 한 편을 뚝딱 만들어냈었죠. 그 즉시 친하게 지내는 동거인 유규선 씨에게도 소개해 준 기억이 납니다.

'원의독백'에게서 어떤 '영감'을 받으시는지 궁금해요.

어느덧 저는 일정 뷰가 나오지 않을 것 같으면 제작 자체를 시도하기 힘든 상업(?) 유튜버가 되었는데요. 효율에 찌든 저와 제 주변 사람들 중 가장 비효율적으로 살고 있는 친구가 아닌가 해요. 한 시간 찍어 이삼십 분 내는 저 같은 사람과는 달리 몇 날 며칠이고, 몇 사람이건 몇 장소이건 간에 몇 분짜리 영상을 만들어내는 원이 저에겐 새삼스러운 영감을 줍니다.

그런 반면에 (땀을 많이 흘려 더 그래 보이는지는 모르겠지만) 제 주변 사람 중 가장 땀을 효율적으로 흘리는 열정적인 사람입니다.

『원의독백』 속 추천하고 싶은 문장이 궁금해요.

언젠가는 "임승원입니다."로 많은 것이 설명되기를 바란다.

『원의독백』을 읽고 난 감상평 부탁해요.

'독백'과 '유튜브'라는 아이러니처럼 책에도 많은 지점들이 충돌하는 것 같았어요.

원이는 "통장에 돈도 없는 건 여전하고, 몸은 여전히 뚱뚱하다."며 자조하기도 하다가 "내가 뛰고 있는 이 경기는, 내가 1등이다."라며 묵직한 자신감을 보이기도 합니다.

원이의 글에서 나를 발견하기도, 내가 지나온 친구 누군가를 발견하기도 했어요.

정기 간행물도 아닌 이 책을 구독하고 싶어집니다. 인덱스를 만들어 원이 유튜브처럼 원할 때마다 찾아 읽으려 합니다. 원이 말처럼 원이는 "예쁘고 귀엽고 사랑스러"우니까요.

이승희

이승희 님에 대해 소개해주세요.
저는 마케터이자 작가 이승희입니다. '배달의민족'과 '네이버'를 지나, 현재는 '그란데클립'에서 마케팅을 하고 있습니다. 저도 승원님처럼 기록을 다양한 형태의 콘텐츠로 만드는 것에 관심이 많습니다. 직접 수집한 영감들이 누군가에게 동력의 씨앗이 되기를 바라며 '영감노트(@ins.note)'라는 인스타그램 계정을 운영하고 있으며 인스타그램과 블로그, 유튜브를 통해 일상을 기록하고 영감을 나누며 생활하고 있습니다.

'원의독백'을 처음 발견한 순간이 궁금해요.
마케팅 스터디를 하는 그룹방에서 친구들이 [원의독백] 채널의 '프라이탁에 관하여'라는 영상을 공유해줬어요. 대단한 유튜브 채널이 나왔다고요. 영상의 스토리, 편집방식, 영어 나래이션, 채널의 프로필과 채널명 모두 인상적이었어요. '대체 이 사람 누구지?' 하면서 바로 검색했던 기억이 납니다.

'원의독백'에게서 어떤 '영감'을 받으시는지 궁금해요.
승원 님만의 디테일, 깊이감, 삶을 바라보는 시선에서 매번 적잖은 충격과 영감을 받습니다. 본인만의 독보적인 색깔로 유니크한 영상을 만듦과 동시에 모두가 공감할 수밖에 없는 스토리를 만들어가시는 능력이 탁월한 것 같아요.

『원의독백』속 추천하고 싶은 문장이 궁금해요.

우리의 뇌는 말하자면 믹서기 같은 존재다. 넣은 것은 틀림없이 갈려 나온다. 생각으로든, 말로든, 글로든, 음악으로든, 비디오로든. 그러니까 되도록 좋은 걸 보려고 노력해야 한다. 적어도, 내가 좋다고 생각하는 것만은.

『원의독백』을 읽고 난 감상평 부탁해요.

'분명 난 책을 읽고 있는데 한 편의 다큐멘터리를 보는 것 같지?'

책을 읽다 보면 영상이 보고 싶어지고 영상을 보다 보면 책이 읽고 싶어질 거예요. 영상을 볼 때는 책을 읽는 것 같았는데 책을 볼 때는 다큐멘터리를 보는 것 같더라고요. [원의독백] 채널에서 느꼈던 것처럼 이 책 역시, 많은 사람들에게 '무언가를 하게 만드는 힘'을 줄 것이라고 생각해요. 읽는 내내 '나도 지금 글 쓰고 싶다. 이렇게 기록하고 싶다.'라는 생각이 떠나질 않았으니까요.

그리고 누군가가 생각나지 않는 유일한 책인 것 같아요. 가장 임승원스러운 책이라고 생각합니다. 자기답게 쓰는 글이 가장 잘 쓰는 글이니까요.

이유진

이유진 님에 대해 소개해주세요.
안녕하세요, 배우 이유진입니다.

'원의독백'을 처음 발견한 순간이 궁금해요.
배우로서의 정체성을 고민하던 중, 유튜브에서 [원의독백]이라는 채널을 발견하고 즐겨 보게 됐습니다. 평범한 이 청년의 모습과 이야기에서 적잖은 위로를 받았어요. 그렇게 작은 팬심을 이어오던 중, 유병재 작가님의 소개로 직접 만나게 되었고, 급속도로 친해지게 되었어요. 지금은 함께 비디오도 찍고 여러 가지 재밌는 이야기를 나누는 친구가 되었습니다.

'원의독백'에게서 어떤 '영감'을 받으시는지 궁금해요.
쉽게 지나칠 만한 작은 것들을 증폭시켜 본인만의 이야기로 만드는 건 승원이의 큰 장점이죠. 그렇게 하기 위해서 항상 천천히 움직이는 승원이의 자세를 배우게 됐어요.

『원의독백』속 추천하고 싶은 문장이 궁금해요.

"완벽을 지양하는 동시에, 완성을 지향해야 한다."

완벽하려고 하면 시도하기 어렵다는 걸 누구보다 잘 알고 있습니다. 서툴지만 개성 있게 완성하는 삶들을 응원합니다.

『원의독백』을 읽고 난 감상평 부탁해요.

세련된 영상에 빈티지한 느낌, 완벽해 보이지만 정작 허술하다는 본인. 원의독백은 범람하는 유행속 희미해져 가는 우리들 각자의 취향에 태동을 일으켰습니다. 어쩌면 "나 자신이 되어라."라는 식상한 말의 제대로 된 예시이기 때문이 아니었을까 생각해 봅니다. 누군가의 독백 덕분에 그동안 놓치고 있던 식상한 문장들을 다시 발견해낼 내일이 기대되기 시작했다니. 고맙다는 말로는 영 부족한 것 같습니다.

임재형

임재형 님에 대해 소개해주세요.
현재 193만 채널 [너덜트]를 열심히 만들고 있는 임재형이라고
합니다.

'원의독백'을 처음 발견한 순간이 궁금해요.
친구의 추천이었어요. 개인적으로 만나기 전에는 친구가 원의독
백이라는 친구가 있는데 정말 잘 만든다고 말해서 보게 되었고,
바로 구독을 눌렀어요. 그 뒤로는 계속 찾아보게 되었습니다. 왜
이렇게 영상이 늦게 올라오나 하고 생각하면서요.

'원의독백'에게서 어떤 '영감'을 받으시는지 궁금해요.
독보적이라는 표현을 하고 싶고 그것에 대한 부연을 하고 싶은데,
팀이든 혼자든 결과물 자체가 좋아야 놀라운 거잖아요. 영상 자
체가 독보적이고 본인만의 컬러와 노력이 많이 들어갔다는 점에
서 굉장히 배울 점이 많은 것 같아요. 저는 주변 사람들을 보면서
많이 배워요. 이 사람의 장점은 뭘까. 이 사람에게 배울 것은 뭘
까? 하고 찾아다니는 편이에요.

매력이와 함께 보컬 모임을 할 때 승원이를 처음 봤어요. '원의독백'이라는 사람을 생각했을 땐 골방에 틀어박혀서 대본을 쓰는 사람처럼 굉장히 멀게 느껴졌는데, 사람들과 어울리는 모습을 보고 (덩치도 비슷해서) 좋았어요. 영상은 분위기 있는데, 친절한 시선으로 세상을 즐기려고 하는 자세. 돈과는 별개로 본인이 하고 싶은 것을 우직하고 성실하게 이어나가는 모습에서 너무 귀감이 됩니다.

『원의독백』속 추천하고 싶은 문장이 궁금해요.

"좋아해야 꾸준할 수 있다. 계속 반복해야 성장할 수 있다. 성장해야 결실을 볼 수 있다."

좋아하는 일을 하는 사람으로서, 굉장히 공감하고 있습니다. 어쩌면 당연한 이 말은, 너무 당연하기 때문에 잊기 쉬운 것 같아요. 승원이 같은 친구 덕분에, 계속해서 되새깁니다.

『원의독백』을 읽고 난 감상평 부탁해요.

사실 이 책은 원의독백 에세이인데요. 임승원의 독백을 심도 있게 글로 만나볼 수 있는, 글로 쓴 비디오와 심도 있게 가까워질 수 있는 좋은 기회가 될 것입니다.

장지수

장지수 님에 대해 소개해주세요.
안녕하세요. 저는 크리에이터 장지수입니다. [원의독백]의 구독자이며, 원의 친구고 원을 존경하는 영상 제작자입니다.

'원의독백'을 처음 발견한 순간이 궁금해요.
원의독백을 처음 접한 건 유튜브 속이었습니다. 평소에도 풀어내지 못한 나의 영상에 대한 미련이 있던 찰나, 원의독백을 보며 "아, 내가 세상에 던지고 싶던 메시지들이 저런 영상으로 나오길 희망하며 시작한 직업이었지!"를 상기시켜주었습니다.

'원의독백'에게서 어떤 '영감'을 받았는지 궁금해요.
원의독백에선 다양한 영감을 얻습니다. 많은 사람들이 관심이 없을 법한 주제도 그의 이야기를 풀어내는 능력, 영상미 그리고 좋은 목소리로 많은 이들을 집중시키는 법이라던가. 그가 추구하는 그 모습 자체를 솔직하게 보여주려고 하는…. 때론 저렇게까지 솔직해도 되는 건가 하며 웃고 있는 나 자신을 보게 만드는 매력. 다양한 영감을 얻습니다, 늘.

『원의독백』속 추천하고 싶은 문장이 궁금해요.

"자유롭기 위해서는 어느 정도의 통제가 필요하다."

우리는 누구보다 자유로움을 추구하고 원하지만 사실 그 누구도 본인이 원하는 대로 자유롭지는 못할 거라는 생각이 듭니다.

원의 자유로운 상상력으로 풍부한 글과 영상을 볼 때도 분명한 선은 있다는 것이 그를 더 멋지게 만드는 것 같습니다.

『원의독백』을 읽고 난 감상평 부탁해요.

『원의독백』은 솔직한 책입니다.

그의 영상에서 만나볼 수 있는 메시지의 '감독판'이라고 생각하면 조금 더 이해가 수월할지도요. 그가 평소에 갖고 있던 생각과 스트레스, 기쁨 그리고 다양한 생각들이 나름의 유머가 들어가 맛있게 한입 할 수 있어 원의 팬인 저로서는 즐겁게 읽었습니다.

제임스 안

제임스 안 님에 대해 소개해주세요.

한국에서 래퍼로서 활동하고 있는 제임스 안입니다. 그 외에 한국 힙합 연구, 교육 및 강연, 스트리트 아트 전시 기획, 힙합 레이블 A&R, 영화 번역, 그리고 가끔씩 패션쇼에서 랩과 워킹을 합니다. 힙합, 예술, 교육, 문화에 관심이 있습니다.

'원의독백'을 처음 발견한 순간이 궁금해요.

한 3년 전에 지인이 엄청나게 좋아하는 유튜브 채널을 소개해줬습니다. 그때 [원의독백] 유튜브 채널에 들어가 보니 프로필 썸네일이 각도가 기울어진 "만원" 지폐 속 세종대왕의 얼굴이었던 점이 참 인상적이었던 기억이 있습니다. 그래서 '원의독백'인가? 궁금한 마음에 첫 영상을 클릭했습니다.

'원의독백'에게서 어떤 '영감'을 받았는지 궁금해요.

우리가 바삐 지나치고 옆으로 치우는 일상 속에서 발견되는 이야기, 생각, 감정, 그리고 메시지에 대해서 많은 영감을 받습니다. 영상이 올라왔다는 소식을 들을 때마다 설레는 마음으로 항상 집에 와서 앉아서 새로운 영상을 봅니다. 볼 때마다 [원의독백]이라는 채널보다는 인간 '임승원'에 대해 친구처럼 알아가는 저 자신을 보면서 문득 저 자신에 대해 더 알아가는 느낌을 받고, 내가 하고 싶은 말, 내가 쓰고 싶은 가사는 무엇일까? 저 자신에게 물어보게 되며, 창작자로서 매번 저를 응원해주는 것 같은, 그런 친구 같은 영감을 받습니다. 노이즈가 그 어느 때보다 많은 세상 속에서 바쁜 내 친구들이, 혹은 제가 뭔가 들어야 할 혹은 들으면 좋을 것 같은, 그런 이야기를 나눠줍니다.

『원의독백』 속 추천하고 싶은 문장이 궁금해요.

"사람들과 섞이고 싶다." "그래서 나는 그들이 좋아하는 걸 좋아하기로 했다. 몇 년이 지났고, 나는 이제 더 이상 그들과 연락하지 않는다." "나의 승리였다. 이윽고 그 승리가 나를 괴물로 만들었다는 걸 깨닫는다. 배려라고는 하나도 모르는 자들. 나는 내가 혐오하는 그들 중 하나였다."

"좋아하는 걸 좋아하는 게 / 갖고 싶은 걸 사는 게 / 살고 싶은 삶을 사는 게 / 나는 아직 무서운 것 같다."

"부끄럽다. 사람들이 부족한 나를 한없이 사랑해줄 때마다."

『원의독백』을 읽고 난 감상평 부탁해요.

저는 부끄러울 수 있는 용기가 부족했던 것 같습니다. 누군가의 너무나도 솔직한 일기장을 읽을 때 비로소 저는 내 일기장 속에서마저도 나 자신에게 솔직하지 못했다는 걸 느낍니다. 일기장같이 너무나도 솔직한 이 책은 우리가 사람들과 섞이고 싶은 욕망과 동시에 두려움, 시끄러운 노이즈가 가득한 사회와 빠르게 지나가는 인파 속에서 서로가 서로를 찾는 발견과 영감의 순간이 가득합니다. 독자는 어쩌면 우리가 기대한 [원의독백] 크리에이터 너머, 이런 작은 기적을 만드는 인간 '임승원'과 우리 모두가 가지고 있는 '가능성'을 발견할 수 있을 것입니다. 어쩌면 제 일기장은 여태껏 나 자신을 위해 쓴 일기가 아닌, 아무도 읽지 않을 이 세상을 위해 쓴 일기장이었던 것 같습니다. 하지만 이 책 속 곳곳에 있는 발견과 영감을 통해서, 그리고 누군가의 너무나도 솔직한 일기장을 읽은 듯한 느낌으로, 저는 더 솔직한 일기를 쓸 수 있을 것 같습니다. 그리고 무엇보다도, "임승원입니다."로 많은 것이 설명되는 책이라는 걸 말하고 싶습니다.

조매력

조매력 님에 대해 소개해주세요.
안녕하세요. 음악으로 이것저것 다 하는 106만 게임 유튜버 조매력입니다.

'원의독백'을 처음 발견한 순간이 궁금해요.
[원의독백] 구독자가 8,000명쯤일 때, 양중은이라는 친구가 대외활동에서 만난 친구라면서 원의독백 영상을 보여줬어요. 저는 영상 제작학과를 나왔거든요. 제가 본 영상 중에 가장 세련된 영상이었어요. 팀이 아닌 개인이라는 것도 놀라웠고, 바로 소개해달라고 했어요.

'원의독백'에게서 어떤 '영감'을 받으시는지 궁금해요.
단순히 [원의독백]이라는 채널뿐만 아니라 임승원이라는 사람에게 많은 영감을 받아요. 영상을 봤을 때 '이 사람 진짜 쩐다'는 것을 넘어서, 이 비디오를 보는 저를 힙한 사람으로 만들어주고 나의 가치를 올려준다는 느낌을 받아요. 작업하고 싶은 노래라든지, 이런 것들을 떠올립니다.

『원의독백』속 추천하고 싶은 문장이 궁금해요.

"까먹지 않기 위해서 오늘도 비디오를 찍는다."

인생의 절반 동안을 비디오를 찍으며 보낸 사람으로서, 저의 많은 것들이 비디오로 남아있다는 것은 정말로 축복이 아닐 수 없습니다. 오래 전에 찍어두었던 비디오에서 잊었던 나의 열정을 발견하기도 하고, 스스로도 몰랐던 여러 가지 모습을 발견합니다. 비디오에 진심인 승원이가 곁에 있어서 다행입니다.

『원의독백』을 읽고 난 감상평 부탁해요.

제가 다 읽어봤는데요. 정말 비디오 그대로더라고요. 1인 미디어 창작자라면 누구든지 한 번쯤은 참고해야 할 역사적 문헌입니다.

발견, 영감 그리고
원의독백

초판 1쇄 발행 2024년 10월 23일

지은이 임승원
펴낸이 김상현

콘텐츠사업본부장 유재선
출판1팀장 전수현 **책임편집** 전수현 **편집** 김승민 주혜란
디자인 금종각 **마케터** 남소현 성정은
미디어사업팀 김예은 송유경 김은주
경영팀 이관행 김범희 김준하 안지선

펴낸곳 (주)필름
등록번호 제2019-000002호 **등록일자** 2019년 01월 08일
주소 서울시 영등포구 영등포로 150, 생각공장 당산 A1409
전화 070-4141-8210 **팩스** 070-7614-8226
이메일 book@feelmgroup.com

필름출판사 '우리의 이야기는 영화다'

우리는 작가의 문체와 색을 온전하게 담아낼 수 있는 방법을 고민하며 책을 펴내고 있습니다.
스쳐가는 일상을 기록하는 당신의 시선 그리고 시선 속 삶의 풍경을 책에 상영하고 싶습니다.

홈페이지 feelmgroup.com **인스타그램** instagram.com/feelmbook

ISBN 979-11-93262-26-9 (03810)

- 이 책 내용의 일부 또는 전부를 재사용하려면 반드시 필름출판사의 동의를 얻어야 합니다.
- 책값은 뒤표지에 있습니다. 잘못 만들어진 책은 구입처에서 교환해 드립니다.